CB073082

AGATHA CHRISTIE

CEM GRAMAS DE CENTEIO

Uma aventura de Miss Marple

Tradução

Milton Persson

Harper Collins

Rio de Janeiro, 2024

Título original: *A Pocket Full of Rye*
A Pocket Full of Rye Copyright © 1953 Agatha Christie Limited. All rights reserved. AGATHA CHRISTIE, MISS MARPLE and the Agatha Christie Signature are registered trade marks of Agatha Christie Limited in the UK and/or elsewhere. All rights reserved.

Direitos de edição da obra em língua portuguesa no Brasil adquiridos pela CASA DOS LIVROS EDITORA LTDA. Todos os direitos reservados. Nenhuma parte desta obra pode ser apropriada e estocada em sistema de banco de dados ou processo similar, em qualquer forma ou meio, seja eletrônico, de fotocópia, gravação etc., sem a permissão do detentor do copirraite.

Rua da Quitanda, 86, sala 601A – Centro – 20091-005
Rio de Janeiro – RJ – Brasil
Tel.: (21) 3175-1030

DIRETORA EDITORIAL: RAQUEL COZER
GERENTE EDITORIAL: ALICE MELLO
EDITOR: ULISSES TEIXEIRA
REVISÃO: *A. Tavares, Maria Fernanda Barreto e Marina Sant'Ana*
PROJETO GRÁFICO DE MIOLO: *Lúcio Nöthlich Pimentel*
DIAGRAMAÇÃO: *DTPhoenix Editorial*
PROJETO GRÁFICO DE CAPA: *Maquinaria Studio*

CIP-Brasil. Catalogação na fonte
Sindicato Nacional dos Editores de Livros, RJ

C479c   Christie, Agatha, 1890-1976
　　　　　Cem gramas de centeio: uma aventura de miss Marple / Agatha Christie; tradução Milton Persson. – 1. ed. – Rio de Janeiro: HarperCollins Brasil, 2016.
　　　　(Agatha Christie)

　　　　　Tradução de: A pocket full of rye
　　　　　ISBN 9788595083936

　　　　　1. Ficção policial inglesa. I. Persson, Milton. II. Título. III. Série.

14-17407
　　　　　　　　　　　　　　　　　CDD: 823
　　　　　　　　　　　　　　　　　CDU: 821.111-3

Printed in China.

A Bruce Ingram, que gostou
e publicou os meus primeiros contos

1

ERA A VEZ DA SRTA. SOMERS FAZER O CHÁ. Datilógrafa nova — e inepta — na firma, srta. Somers já estava com certa idade e tinha uma cara meio tímida de ovelha. A água que despejou da chaleira ainda não havia fervido; a pobre srta. Somers nunca sabia exatamente o momento em que a água começava a ferver — uma das múltiplas preocupações que lhe afligiam a vida.

Serviu o chá e pôs-se a distribuir as xícaras com alguns biscoitos já moles em cada pires.

A srta. Griffith, a eficiente chefe das datilógrafas, mulher grisalha de espírito prussiano, veterana de 16 anos a serviço da Consolidated Investments Trust, comentou rispidamente:

— Somers, a água não ferveu *de novo*!

A cara submissa e preocupada da srta. Somers ficou cor-de-rosa.

— Ai, meu Deus, eu *pensei* que *dessa vez* tivesse fervido.

A srta. Griffith refletiu lá com seus botões:

— Ela talvez dure mais um mês, enquanto estivermos com tanto trabalho... Mas positivamente! A trapalhada que essa tonta fez com aquela carta para a Eastern Developments... uma coisa tão simples e banal, e depois sempre essa burrice com o chá. Se não fosse tão difícil arrumar datilógrafas competentes... e da última vez ela também não fechou direito a tampa da lata de biscoitos. *Francamente...*

Como a maioria das indignadas reflexões íntimas da srta. Griffith, a frase ficou incompleta.

No mesmo instante, a srta. Grosvenor irrompeu sala a dentro para fazer o sagrado chá do sr. Fortescue. Ele tomava chá de outra qualidade, em porcelana diferente e com biscoitos especiais. Só a chaleira e a água — da torneira do vestiário — eram as mesmas. Dessa vez, porém, tratando-se do chá do sr. Fortescue, a água ferveu — sob a vigilância da srta. Grosvenor.

A srta. Grosvenor era uma loura espetacular. Usava um traje preto que não devia ter custado nada barato e nas pernas esculturais as melhores e mais caras meias de *nylon* do mercado negro.

Tornou a desfilar pela sala sem se dignar a pronunciar uma palavra nem olhar para ninguém, como se as datilógrafas fossem vermes. A srta. Grosvenor era o protótipo da secretária particular que o sr. Fortescue gostava. Boatos impiedosos, destituídos de fundamento, insinuavam que a coisa não ficava só nisso. Na verdade, o sr. Fortescue tinha casado recentemente pela segunda vez e a nova esposa, bonita e dispendiosa, não lhe dava a menor trégua. Para ele, a srta. Grosvenor não passava de um acessório indispensável ao cenário caro e luxuoso do escritório.

À maneira de uma oferenda de ritual, a srta. Grosvenor desfilou de bandeja erguida, pelo gabinete interno, pela sala de espera — onde os clientes mais importantes gozavam do privilégio de sentar — e pela sua própria antecâmara, até que afinal, com uma leve batida na porta, entrou no supremo santuário: a sala do sr. Fortescue.

Ampla, com cintilante extensão de *parquet* pontilhado de suntuosos tapetes persas, era delicadamente revestida de madeira clara e mobiliada por enormes poltronas de couro bege. Atrás de uma imensa escrivaninha de plátano, centro e ponto de convergência da peça, estava sentado o próprio sr. Fortescue.

O sr. Fortescue não era tão impressionante como deveria ser para combinar com o ambiente, mas esforçava-se ao máximo. Grandalhão, flácido, a cabeça coroada por brilhante calvície, tinha a mania de usar ternos de mescla demasiadamente folgados e típicos do campo para um escritório na cidade. Franzia a cara diante de uma pilha de papéis em cima da escrivaninha quando a srta. Grosvenor aproximou-se deslizando com aquele jeito de cisne. Largando a bandeja a seu lado, murmurou em voz baixa:

— O seu chá, sr. Fortescue.

E retirou-se em seguida.

O sr. Fortescue emitiu um grunhido — sua contribuição ao ritual.

Sentada de novo à sua mesa, a srta. Grosvenor prosseguiu em suas atividades habituais. Deu dois telefonemas, corrigiu algumas cartas já batidas a máquina, prontas para o sr. Fortescue assinar, e atendeu um chamado de fora.

— Sinto muito, mas no momento é impossível — respondeu em tom altaneiro. — O sr. Fortescue está em reunião.

Ao repor o fone no gancho, olhou o relógio. Onze e dez.

Foi então que ouviu um ruído anormal do outro lado da porta quase à prova de som da sala do sr. Fortescue. Abalado, mas perfeitamente audível, um grito de agonia estrangulado. No mesmo instante a campainha da mesa da srta. Grosvenor tocou frenética, demoradamente. A srta. Grosvenor, meio paralisada pela surpresa, levantou-se vacilante. Diante do imprevisto, quase perdeu a pose. Avançou, porém, para a porta do sr. Fortescue com seu ar de estátua costumeiro, bateu e entrou.

Ficou com pose ainda mais abalada pelo que viu. Atrás da escrivaninha, seu chefe parecia contorcer-se de dor em movimentos alarmantes.

— Santo Deus, sr. Fortescue! — exclamou. — O senhor está se sentindo mal?

Percebeu logo a inutilidade da pergunta. Não havia dúvida que sr. Fortescue estava se sentindo malíssimo. Enquanto se aproximava, o corpo dele foi sacudido por doloroso espasmo. As palavras lhe saíam entrecortadas:

— O chá... que diabo... você pôs no chá... chame alguém... depressa, mande vir o médico...

A srta. Grosvenor saiu correndo da sala. Não era mais a loura secretária arrogante — mas uma criatura completamente apavorada que tinha perdido a cabeça.

Entrou aos gritos na sala das datilógrafas:

— O sr. Fortescue está tendo um ataque... está morrendo... precisamos chamar um médico... está com um aspecto horrível... tenho certeza de que vai morrer.

As reações foram imediatas e muito variadas.

— Se é epilético, temos que botar-lhe uma rolha na boca — sugeriu a srta. Bell, a mais moça das datilógrafas. — Quem tem uma rolha aí?

Ninguém tinha.

— Na idade dele, no mínimo é apoplexia — disse a srta. Somers.

— Precisamos chamar um médico — frisou a srta. Griffith.

— E *já*.

Mas viu-se tolhida em sua eficiência habitual pelo fato de que em 16 anos de serviço nunca lhe fora necessário recorrer a um médico para uma emergência de escritório. O médico que a atendia morava em Streatham Hill. Não haveria outro por perto?

Ninguém sabia. A srta. Bell pegou a lista telefônica e começou a procurar os doutores da letra D. Mas a lista não era classificada e os médicos não estavam automaticamente arrolados como pontos de táxi. Alguém sugeriu um hospital — mas qual?

— Tem que ser o hospital certo — insistiu a srta. Somers —, senão eles não vêm. Por causa da Saúde Pública, quero dizer. É preciso que pertença ao setor deles.

Alguém sugeriu 999, mas a srta. Griffith protestou, horrorizada, ante a ideia da polícia. Como habitantes de um país que goza dos benefícios de Serviço Médico para todos, aquele grupo de mulheres relativamente inteligentes demonstrou uma ignorância incrível quanto à maneira correta de agir. A srta. Bell começou a procurar as ambulâncias na letra A.

— Há o médico dele... ele *deve* ter um — lembrou a srta. Griffith.

Alguém foi buscar correndo o livro de endereços particulares. A srta. Griffith pediu ao contínuo do escritório para ir procurar um médico — de qualquer maneira, *fosse onde fosse*. E encontrou no livro de endereços o nome de Sir Edwin Sandeman, cujo consultório ficava em Harley Street. A srta. Grosvenor se jogou numa cadeira e, numa voz cuja elocução era perceptivelmente menos aristocrática que de costume, gemeu:

— Eu fiz o chá como sempre faço... palavra que fiz... não podia ter nada de anormal.

— De anormal? — A srta. Griffith parou a mão que discava o número no telefone. — Por que diz isso?

— Quem disse foi *ele*... o sr. Fortescue... ele disse que o chá...

A mão da srta. Griffith hesitava entre Welbeck e 999. A srta. Bell, moça e otimista, afirmou:

— Devíamos lhe dar logo um pouco de mostarda com água. Não tem mostarda aqui no escritório?

Não tinha.

Pouco tempo mais tarde, o dr. Isaacs de Bethnal Green e Sir Edwin Sandeman subiam juntos no elevador, enquanto duas ambulâncias estacionavam na frente do prédio. Tudo por obra do telefone e do contínuo do escritório.

2

O INSPETOR NEELE ESTAVA SENTADO NO santuário do sr. Fortescue atrás da vasta escrivaninha de plátano. Um dos seus surbordinados, de bloco em punho, ocupava discretamente uma cadeira junto à parede perto da porta.

Neele tinha belo porte marcial e crespos cabelos castanhos que nasciam de uma testa bastante estreita. Toda a vez que pronunciava a frase "é mera questão de rotina", aqueles a quem se dirigia mostravam-se propensos a pensar com desdém: "E é só de rotina mesmo que você entende!" No que se enganavam redondamente. Por trás do aspecto prosaico, Neele dissimulava uma extrema capacidade de imaginação, e um de seus métodos de investigação consistia em elaborar fantásticas teorias de culpa que aplicava às pessoas que estivesse interrogando no momento.

A srta. Griffith, que ele logo escolheu com olho infalível como a pessoa mais capaz de lhe fazer uma descrição sucinta das ocorrências que haviam motivado sua presença ali, acabava de sair da sala depois de lhe prestar um admirável relatório dos incidentes daquela manhã. Neele elaborou três motivos diferentes e extremamente pitorescos para que a fiel decana da sala das datilógrafas tivesse envenenado a xícara de chá matutino de seu chefe e rejeitou-os como implausíveis.

Classificou a srta. Griffith como uma mulher que (*a*) não tinha tipo de envenenadora, (*b*) não estava apaixonada pelo patrão, (*c*) não demonstrava instabilidade mental e (*d*) não guardava ressentimentos. De modo que, a não ser como fonte de informações exatas, a srta. Griffith era carta fora do baralho.

Neele olhou para o telefone. Esperava a qualquer momento um chamado do St. Jude Hospital.

Era possível, evidentemente, que o súbito mal-estar do sr. Fortescue fosse devido a causas naturais. Mas tanto o dr. Isaacs, de Bethnal Green, como Sir Edwin Sandeman, de Harley Street, não pensavam assim.

Neele apertou a campainha convenientemente situada ao seu lado esquerdo e pediu que a secretária particular do sr. Fortescue fosse admitida na sala.

A srta. Grosvenor tinha recobrado um pouco da pose, mas não muito. Entrou apreensiva, sem nada dos suaves movimentos de cisne, e logo exclamou, defensiva:

— Não fui eu!

— Não? — murmurou Neele em tom coloquial.

Indicou-lhe a cadeira que a srta. Grosvenor sempre ocupava, de bloco na mão, quando o sr. Fortescue a chamava para ditar cartas. Só que dessa vez sentou-se com relutância, olhando alarmada para o inspetor, que se achava entretido em elaborar os seguintes temas: Sedução? Chantagem? Loura platinada no tribunal? etc. Fez uma cara meio idiota para tranquilizá-la.

— O chá não tinha nada de anormal — disse a srta. Grosvenor. — Não podia ter.

— Compreendo — retrucou Neele. — Quer me dar o seu nome e endereço, por favor?

— Grosvenor. Irene Grosvenor.

— Como é que se escreve?

— Como a praça.

— E o endereço?

— Rushmoor Road, 14, Muswell Hill.

Neele sacudiu a cabeça, satisfeito. "Mora com os pais, numa casa respeitável", pensou. "Não houve sedução. Nem ninho de amor. Ou chantagem." Outra série de teorias especulativas que ia por água abaixo.

— De modo que foi a senhora quem fez o chá? — perguntou, afável.

— Bem, eu tinha que fazer. Quero dizer, sempre faço.

Sem se apressar, Neele pediu-lhe que descrevesse minuciosamente o ritual matutino do chá do sr. Fortescue. A xícara, o pires e o bule já tinham sido embrulhados e remetidos ao departamento competente para exame. Agora, Neele ficava sabendo que apenas Irene Grosvenor e mais ninguém havia tocado neles. A chaleira fora usada antes para fazer o chá dos funcionários do escritório, tendo sido enchida de novo pela srta. Grosvenor na torneira do vestiário.

— E o chá, propriamente dito?

— Era exclusivo do sr. Fortescue, um chá da Índia, especial. Fica guardado na prateleira da minha sala aqui ao lado.

Neele sacudiu a cabeça. Indagou sobre o açúcar, sendo informado de que o sr. Fortescue não tomava chá com açúcar.

O telefone tocou. Neele tirou o fone do gancho. Mudou um pouco de expressão.

— É do St. Jude?

Fez sinal, indicando que a srta. Grosvenor já podia se retirar.

— Por enquanto é só, obrigado, srta. Grosvenor.

Ela saiu às pressas.

Neele escutou atentamente a tênue voz isenta de emoção que lhe falava do St. Jude Hospital ao mesmo tempo que traçava pequenos desenhos enigmáticos a lápis no canto do mata-borrão à sua frente.

— Morreu faz cinco minutos, você diz? — perguntou.

Desviou o olhar para o relógio de pulso. *Doze e quarenta e três*, escreveu no mata-borrão.

A voz impassível respondeu que o próprio dr. Bernsdorff queria falar com o inspetor Neele.

— Está bem — disse Neele. — Ponha-o na linha — o que escandalizou um pouco o dono da voz, que tinha imprimido uma certa dose de reverência ao tom protocolar.

Ouviram-se então vários estalidos, toques de campainhas e murmúrios distantes, fantasmagóricos. Neele esperou pacientemente.

Por fim, sem o menor aviso, uma voz tonitruante de baixo profundo obrigou-o a afastar o fone umas duas polegadas do ouvido.

— Alô, Neele, seu urubu velho. De novo às voltas com os seus cadáveres?

O inspetor Neele e o professor Bernsdorff do St. Jude, depois de investigarem juntos um caso de envenenamento há pouco mais de um ano, tinham se tornado amigos.

— Já soube que o nosso homem morreu, doutor?

— Pois é. Quando chegou aqui já não se podia fazer mais nada.

— Qual a causa da morte?

— Terá que se proceder a uma autópsia, é claro. Um caso muito interessante. Interessantíssimo, mesmo. Ainda bem que veio parar nas minhas mãos.

O prazer profissional que transparecia na voz ressonante de Bernsdorff revelava ao menos uma coisa a Neele:

— Pelo que vejo, o senhor não acha que a morte tenha sido natural — comentou friamente.

— Que esperança — disse o dr. Bernsdorff, com vigor. — Falo em caráter extraoficial, lógico — acrescentou, com cautela tardia.

— Lógico. Lógico. Nem precisava dizer. Foi envenenado?

— Sem a menor sombra de dúvida. E tem mais... isso também em caráter extraoficial, compreende? Apenas cá entre nós... eu seria capaz de apostar como sei qual foi o veneno.

— É mesmo?

— Taxina, rapaz. Taxina.

— Taxina? Nunca ouvi falar.

— Pois é. *Totalmente* fora do comum. Uma delícia, mesmo! Não digo que teria percebido logo se não houvesse encontrado outro caso há apenas três ou quatro semanas. Umas crianças brincando de tomar chá com bonecas... arrancaram as frutinhas de um teixo e usaram para fazer o chá.

— Então é isso? Frutinhas de teixo?

— Frutinhas ou folhas. Extremamente venenosas. A taxina, claro, é o alcaloide. Acho que nunca soube de nenhum caso em que fosse usada deliberadamente. De fato, *muito* interessante e fora do comum... Você não faz ideia, Neele, de como a gente se cansa de lidar sempre com os inevitáveis assassinos que recorrem a ervas daninhas. A taxina, para nós, é um verdadeiro prato. *Pode* ser que me engane, lógico... não vá sair espalhando por aí que fui eu quem disse isso, pelo amor de Deus... mas não creio, não. E tenho a impressão de que para você também será interessante. Quebra a rotina!

— A ideia, então, é que todo mundo vai se divertir à beça, não é? Com exceção da vítima.

— Ah, pois é, coitado. — O tom do comentário do dr. Bernsdorff era perfunctório. — Teve um azar danado.

— Ele não falou nada antes de morrer?

— Bom, um dos teus agentes ficou lá sentado de bloco em punho perto dele. Decerto anotou os mínimos detalhes. Ele resmungou qualquer coisa a respeito de um chá... que tinham misturado qualquer coisa no chá do escritório... mas isso é bobagem, lógico.

— Bobagem por quê? — perguntou Neele com veemência, desistindo do quadro especulativo que naquele momento fazia da bela srta. Grosvenor a adicionar frutinhas de teixo à infusão do chá, por concluir que era incongruente.

— Porque o efeito não podia, de maneira alguma, ter sobrevindo com tanta rapidez. Ao que me consta, os sintomas se manifestaram logo depois que ele tomou o chá, não foi?

— Pelo menos é o que dizem.

— Pois bem, existem pouquíssimos venenos que agem tão depressa assim. A não ser os cianetos, naturalmente... e talvez a nicotina pura...

— E não foi, definitivamente, nem uma coisa nem outra?

— Ora, meu caro. Ele teria morrido antes da ambulância chegar. Não, não. Não há dúvida de que não foi nada disso. Cheguei a desconfiar de que fosse estricnina, mas as convulsões seriam muito diferentes. Como já disse, em caráter extraoficial, é lógico, sou capaz de pôr a mão no fogo como usaram taxina.

— Quanto tempo teria levado para surtir efeito?

— Depende. Uma hora. Duas, três. O morto tinha cara de ser bom de garfo. Se houvesse comido demais no café da manhã, a coisa poderia demorar.

— O café da manhã — repetiu o inspetor Neele, pensativo.

— Sim, deve ter sido no café.

— Café com os Borgia. — O dr. Bernsdorff riu com gosto. — Bem, boa caça, rapaz.

— Obrigado, doutor. Eu gostaria de falar com o sargento antes do senhor desligar.

Tornaram a se ouvir estalidos, toques de campainha e vozes distantes, fantasmagóricas. Por fim o ruído de uma respiração ofegante, preâmbulo inevitável da conversa do sargento Hay.

— Pronto, inspetor — disse logo.

— Aqui é o Neele. O morto não falou nada que me interessasse?

— Ele disse que foi o chá. O chá que tomou no escritório. Mas o médico acha impossível...

— Sim, já sei. Que mais?

— Mais nada, inspetor. Só que... uma coisa esquisita. O terno que ele estava usando... eu revistei o conteúdo dos bolsos. O negócio de sempre... lenço, chaves, troco, carteira... mas encontrei uma coisa totalmente estranha. O bolso do lado direito do paletó. Tinha *cereal* dentro dele.

— Cereal?

— Sim, senhor.

— Como assim? Você quer dizer um desses cereais que vendem já prontos para se tomar com o café da manhã? "A glória do agricultor" ou "Fécula de trigo"? Ou se refere a aveia ou cevada...

— Isso mesmo, inspetor. Era em grão. Me pareceu centeio. Em grande quantidade.

— Ah... Que estranho... Mas quem sabe não seria uma amostra... qualquer coisa relacionada com algum negócio.

— É possível, inspetor... mas achei melhor mencionar.

— Tem toda a razão, Hay.

Neele continuou sentado ainda no mesmo lugar, de olhos fixos, depois de repor o telefone no gancho. Seu espírito metódico estava passando da primeira para a segunda fase da investigação — da suspeita de envenenamento à certeza. As palavras do professor Bernsdorff podiam não ter caráter oficial, mas o professor não era homem de se equivocar em suas opiniões. Rex Fortescue tinha sido morto por um veneno administrado provavelmente de uma a três horas antes da manifestação dos primeiros sintomas. O que significava, portanto, que o pessoal do escritório se achava isento de culpa.

Neele se levantou e foi até a sala de expediente externo. Embora as máquinas de escrever estivessem em funcionamento, o ritmo se mantinha meio desconexo e abaixo da velocidade máxima.

— Srta. Griffith? Posso trocar outra palavrinha com a senhora?

— Claro que pode, sr. Neele. Não daria para algumas das moças saírem para o almoço? Já faz muito que passou do horário normal. Quem sabe prefere que se mande buscar comida fora?

— Não. Elas podem ir. Mas depois têm que voltar.

— Naturalmente.

A srta. Griffith acompanhou Neele até o gabinete interno. Sentou-se com seu jeito calmo e eficiente.

— Telefonaram do St. Jude Hospital — disse Neele sem maiores rodeios. — O sr. Fortescue morreu às 12h43.

A srta. Griffith recebeu a notícia tranquilamente, limitando-se a sacudir a cabeça.

— Bem que achei que ele estava passando muito mal — comentou.

Neele notou que não tinha ficado, de maneira nenhuma, abalada.

— Podia prestar-me maiores esclarecimentos sobre a casa e a família dele?

— Pois não. Já tentei entrar em contato com a sra. Fortescue, mas parece que foi jogar golfe. Disse que não almoçaria em casa. Não sabiam exatamente em que campo tinha ido jogar. — Acrescentou, à guisa de explicação: — Eles moram em Baydon Heath, sabe? E lá há três campos de golfe muito conhecidos.

Neele concordou com a cabeça. Baydon Heath era quase que só habitada por gente rica da cidade. Dispunha de ótimo serviço ferroviário, distava apenas trinta quilômetros de Londres e ficava relativamente fácil chegar lá de carro, mesmo nas piores horas de trânsito, de manhã e à noite.

— Qual é o endereço completo e o número do telefone?

— O telefone é Baydon Heath 3400. A residência se chama Chalé do Teixo.

— *Quê?* — Neele não conseguiu disfarçar a surpresa. — A senhora disse Chalé do *Teixo*?

— É.

A srta. Griffith parecia levemente curiosa, mas Neele já havia se controlado.

— Pode me dar algumas informações sobre a família?

— A sra. Fortescue, a segunda esposa, é muito mais moça do que ele. Casaram-se há cerca de dois anos. A primeira sra. Fortescue já morreu há muito tempo. Existem dois filhos e uma filha do primeiro matrimônio. A filha mora com eles, como também o filho mais velho, que é sócio da firma. Pena que esteja viajando pelo Norte da Inglaterra, a negócios. Deve voltar amanhã.

— Quando foi que ele se ausentou da cidade?

— Anteontem.

— Já tentou entrar em contato com ele?

— Já. Depois que levaram o sr. Fortescue para o hospital, eu liguei para o Hotel Midland de Manchester, onde julguei que pudesse estar hospedado, mas já tinha ido embora hoje de manhã cedo. Creio que também pretendia passar por Sheffield e Leicester, mas não tenho certeza. Posso lhe dar o nome de algumas firmas que ele talvez procurasse nessas cidades.

"Não há que negar, uma mulher eficiente", pensou o inspetor. "Se assassinasse um homem, provavelmente também o faria com toda a eficiência." Mas forçou-se a deixar essas especulações de lado para se concentrar de novo na vida doméstica do sr. Fortescue.

— A senhora disse que há um segundo filho?

— Sim. Mas devido a uma desavença com o pai, mora no estrangeiro.

— Ambos são casados?

— São. O sr. Percival, que faz três anos que casou, ocupa com a esposa um apartamento independente no Chalé do Teixo, mas em breve pretendem se mudar para uma casa própria em Baydon Heath.

— A senhora não conseguiu entrar em contato com a sra. Percival Fortescue quando ligou para lá hoje de manhã?

— Não. Ela veio passar o dia em Londres. — A srta. Griffith continuou: — O sr. Lancelot casou há menos de um ano. Com a viúva de Lorde Frederick Anstice. O senhor deve ter visto fotografias dela no *Tatler* com cavalos, sabe? E nas provas de obstáculos.

A srta. Griffith ficou um pouco ofegante, as faces levemente coradas. Neele, bom psicólogo dos seres humanos, compreendeu logo que esse casamento havia empolgado o lado esnobe e romântico da srta. Griffith. Para ela, a aristocracia era a aristocracia, sendo também quase certo que ignorava o fato de que o falecido Lorde Frederick Anstice não gozava de boa fama nos meios esportivos. Freddie Anstice tinha dado um tiro nos miolos às vésperas do inquérito instaurado pela administração da Sociedade Hípica para esclarecer a vitória suspeita de um de seus cavalos de corrida. Neele lembrava-se vagamente da esposa. Filha de um nobre irlandês, par do reino, já fora casada antes com um aviador que perecera na Batalha da Grã-Bretanha.

E agora, pelo visto, estava casada com a ovelha negra da família Fortescue, pois Neele presumia que a desavença com o pai, mencionada discretamente pela srta. Griffith, baseava-se em algum incidente vergonhoso da carreira do jovem Lancelot.

Lancelot Fortescue! Que nome! E qual era o do outro filho — Percival? Como teria sido a primeira sra. Fortescue? Demonstrava um gosto bem extravagante em matéria de prenomes...

Puxou o telefone e discou o número do interurbano. Pediu Baydon Heath 3400.

Não demorou muito atendeu uma voz de homem:

— Baydon Heath 3400.

— Queria falar com a sra. Fostescue ou com a srta. Fortescue.

— Sinto muito. Nenhuma das duas está em casa.

A voz pareceu-lhe ligeiramente alcoolizada.

— É o mordomo?

— Sim, senhor.

— O sr. Fortescue adoeceu gravemente.

— Eu sei. Telefonaram avisando. Mas nada posso fazer. O sr. Percival está viajando pelo Norte e a sra. Fortescue foi jogar golfe. A sra. Percival partiu para Londres, mas volta para o jantar, e a srta. Fortescue saiu em excursão com seu grupo de escoteiras.

— Não há ninguém aí com quem eu possa falar sobre a doença do sr. Fortescue? É urgente.

— Bem... não sei. — O homem parecia em dúvida. — Tem a srta. Ramsbottom... mas ela nunca fala pelo telefone. Ou então a srta. Dove... que é o que se poderia chamar de governanta.

— Eu gostaria de falar com a srta. Dove, por favor.

— Vou ver se ela pode atender.

Neele percebeu nitidamente o som de passos se afastando do telefone. Minutos mais tarde, sem nenhum ruído que indicasse qualquer aproximação, ouviu-se uma voz de mulher.

— Aqui quem fala é a srta. Dove.

A voz, baixa e pausada, tinha uma dicção cristalina. Neele ficou logo com impressão favorável da srta. Dove.

— Sinto lhe informar, srta. Dove, mas o sr. Fortescue faleceu há poucos instantes no St. Jude Hospital. Foi acometido de mal súbito no escritório. Eu precisava muito entrar em contato com os membros da família...

— Claro. Nem supunha... — Interrompeu a frase. A voz não revelava agitação, mas estava abalada. Ela continuou: — Que terrível desgraça. A pessoa com quem o senhor devia entrar em contato é o sr. Percival Fortescue. Ele é o mais indicado para tratar de todas as providências necessárias. Talvez possa encontrá-lo no Midland de Manchester ou, quem sabe, no Grande Hotel de Leicester. Experimente também a firma Shearer & Bonds, em Leicester. Infelizmente não sei o número do telefone, mas ele ficou de passar por lá e é bem provável que estejam em condições de lhe informar sobre o seu paradeiro atual. A sra. Fortescue com toda a certeza virá jantar e pode ser até que tome chá em casa. Vai levar um choque muito grande. Deve ter sido repentino, pois hoje de manhã, quando saiu de casa, o sr. Fortescue estava se sentindo perfeitamente bem.

— A senhora falou com ele antes dele sair?

— Falei, sim. O que foi? Coração?

— Ele sofria do coração?

— Não... não... creio que não... Mas pensei, já que foi tão repentino... — Interrompeu a frase. — O senhor está telefonando do St. Jude Hospital? É o médico?

— Não, srta. Dove, não sou o médico, não. Estou telefonando do escritório do sr. Fortescue na cidade. Sou o inspetor Neele do C.I.D.[1] e irei aí procurá-la assim que puder.

— Inspetor? Mas como... quer dizer que...?

— A morte foi repentina, srta. Dove. E, nesses casos, somos sempre obrigados a intervir, ainda mais que fazia muito tempo que o extinto não consultava um médico... não é certo?

Havia apenas um levíssimo toque de pergunta nas últimas palavras, mas a moça respondeu.

---

[1] Criminal Investigation Department.

— Sim, eu sei. O sr. Percival marcou duas vezes hora para ele, mas não adiantou nada. Era muito teimoso... todo mundo já andava preocupado...

Fez uma pausa e depois retomou o ar seguro de antes:

— Se a sra. Fortescue voltar para casa antes de o senhor chegar, que devo dizer a ela?

"Prática como só vendo", pensou o inspetor.

E em voz alta:

— Diga-lhe apenas que em caso de morte repentina nós temos que efetuar algumas sindicâncias. Coisas de rotina.

E desligou.

3

NEELE EMPURROU O TELEFONE e olhou abruptamente para a srta. Griffith.

— Com que então andavam preocupados com ele ultimamente — disse. — Queriam que consultasse um médico. A senhora não me falou nisso.

— Nem me lembrei — retrucou a srta. Griffith, e acrescentou: — Ele nunca me pareceu realmente *doente*...

— Doente, não... mas o quê?

— Bem, apenas esquisito. Diferente. Com uns modos estranhos.

— Preocupado com alguma coisa?

— Oh não, *preocupado* não. Preocupados ficamos *nós*...

O inspetor esperou, paciente.

— É difícil de explicar, francamente — continuou a srta. Griffith. — Sabe, ele andava cheio de venetas. Às vezes chegava a ser turbulento. Sinceramente, houve ocasiões em que pensei que estivesse bêbado... Se vangloriava e contava as histórias mais incríveis, que eu tinha certeza de que não podiam ser verdade. A maior parte do tempo que trabalhei aqui, ele sempre se mostrou muito reservado sobre seus negócios... não deixava transparecer nada, o senhor sabe como é. Mas ultimamente estava bem mudado, expansivo, e positivamente... olha... jogando dinheiro pela janela. Totalmente diverso do seu procedimento normal. Imagine que, quando o contínuo do escritório teve que ir ao enterro da avó, o sr. Fortescue mandou chamá-lo e lhe deu uma nota de cinco libras, dizendo-lhe para apostar no segundo favorito, e depois caiu na risada. Não era... bem, ele simplesmente não era mais o mesmo. É só o que posso dizer.

— Assim como se andasse com qualquer coisa na ideia?

— Não era bem isso. Mais como se estivesse antecipando qualquer coisa de agradável... de empolgante...

— Um grande negócio, talvez?

A srta. Griffith concordou com maior convicção.

— Sim... sim, isso está muito mais perto do que eu quis dizer. Como se as coisas cotidianas não tivessem mais importância. Vivia agitado. E aparecia uma gente muito estranha para tratar de negócios com ele. Pessoas que nunca tinham estado aqui antes. O sr. Percival se preocupava tremendamente por causa disso.

— Ah, ele se preocupava, é?

— Sim. Sabe, o sr. Percival sempre gozou da inteira confiança do pai, que se fiava muito nele. Mas de uns anos para cá...

— Já não se entendiam mais tão bem assim.

— Pois é. O sr. Fortescue andou fazendo uma porção de coisas que o sr. Percival considerava temerárias. O sr. Percival sempre foi muito cauteloso e prudente. Mas de repente o pai não lhe quis dar mais ouvidos e ele ficou muito aborrecido.

— E brigaram por causa disso?

Neele continuava sondando o terreno.

— Se *brigaram* mesmo, não sei... Claro que agora eu percebo que o sr. Fortescue tinha que estar fora de si... para gritar daquele jeito.

— Ah, ele gritou? Que foi que ele disse?

— Ele chegou lá na sala das datilógrafas...

— Todo mundo ouviu, então?

— Bem... sim.

— E chamou o sr. Percival de tudo... disse desaforos... praguejou contra ele? Que foi que ele disse que o filho tinha feito?

— Não, ele se queixou de que o filho não fazia nada... chamou-o de funcionariozinho barato e mesquinho, que carecia de visão, que não possuía imaginação para grandes negócios. E disse: "Vou pedir ao Lance para voltar para casa. Ele é dez vezes melhor que você... e ainda por cima casou bem. O Lance tem peito, mesmo que tenha se arriscado a um processo penal..." Ai, meu Deus, eu não devia ter falado nisso!

Como tantas pessoas que já se tinham deixado levar pela lábia do inspetor, a srta. Griffith de repente ficou toda confusa.

— Não se preocupe — disse ele, à guisa de consolo. — O que passou, passou.

— Ah, pois é, isso já aconteceu há muito tempo atrás. O sr. Lance ainda era uma criança de espírito travesso e realmente não sabia o que estava fazendo.

Não era a primeira vez que Neele ouvia e discordava desse tipo de ponto de vista. Mas passou a novas perguntas.

— Me fale mais um pouco do pessoal aqui do escritório.

A srta. Griffith, ansiosa para encobrir a indiscrição cometida, apressou-se a dar todas as informações a respeito dos vários funcionários da firma. O inspetor agradeceu-lhe e depois disse que gostaria de falar novamente com a srta. Grosvenor.

Waite aproveitou para fazer ponta no lápis e comentou, pensativo, que aquilo ali era um lugar grã-fino. Olhou com admiração para as amplas poltronas, a vasta escrivaninha e a iluminação indireta.

— Essa gente toda, inclusive, tem nome de granfa — disse. — Grosvenor... tem qualquer coisa de duque. E Fortescue também é nome de pessoa de classe.

Neele sorriu.

— O pai dele não se chamava Fortescue, mas Fontescu, e veio de um país lá da Europa Central. No mínimo pensou que Fortescue ficava melhor.

Waite olhou com espanto para o superior.

— Já sabe de tudo, então, a respeito dele?

— Apenas dei uma olhada numas coisas antes de vir atender o chamado.

— Mas ele não era fichado, era?

— Não, que esperança. O sr. Fortescue era esperto demais para cair numa dessas. Teve certas ligações com o mercado negro e fez alguns negócios que, no mínimo, se poderiam tachar de suspeitos, embora sempre se mantivessem precariamente dentro da lei.

— Já sei — disse Waite. — Um cara meio velhaco.

— Um espertalhão — confirmou Neele. — Mas nada temos contra ele. Há muito tempo que o imposto de renda vinha cuidando dele, sem resultado. O falecido sr. Fortescue possuía verdadeiro gênio para as finanças.

— O tipo do sujeito capaz de ter inimigos? — sugeriu Waite, esperançoso.

— Ah sim, com toda a certeza. Não se esqueça, porém, de que foi envenenado em casa. Ou pelo menos parece que foi. Sabe, Waite, o quadro já está se completando na minha imaginação. Percival, o bom filho. Lance, o que não vale nada... o que agrada as mulheres. A esposa mais moça que o marido, que se mostra vaga sobre o campo em que pretende jogar golfe. Tudo isso me soa muito, muito familiar. Só há uma coisa que destoa do conjunto.

— Qual? — perguntou Waite.

Mas nesse momento a porta se abriu e a srta. Grosvenor, recobrada a pose habitual e outra vez cônscia de seus encantos, indagou, sobranceira:

— O senhor deseja falar comigo?

— Sim. Queria lhe fazer umas perguntas a respeito do seu chefe... do seu falecido chefe, aliás.

— Pobre homem — disse a srta. Grosvenor com um pesar que não convencia ninguém.

— Eu gostaria de saber se não notou nenhuma diferença nele ultimamente.

— Bem, para falar a verdade, notei, sim.

— Em que sentido?

— Não sei... Vivia falando uma porção de bobagens. Eu francamente não acreditava na metade do que ele dizia. E perdia a paciência com a maior facilidade... especialmente com o sr. Percival. Comigo não, porque eu, naturalmente, *jamais* discuto. Me limito a concordar com tudo quanto é esquisitice que ele diz... dizia, aliás.

— E ele... bem... nunca lhe passou nenhuma cantada?

— Passar, propriamente, nunca passou — respondeu a srta. Grosvenor, num tom que mais parecia de queixa.

— Outra coisa ainda, srta. Grosvenor. O sr. Fortescue costumava andar com grãos no bolso?

A srta. Grosvenor mostrou-se admirada.

— Grãos? No bolso dele? O senhor quer dizer para dar aos pombos ou coisa que o valha?

— É, talvez.

— Ah, tenho certeza de que não. O sr. Fortescue? Dando de comer aos pombos? Impossível.

— Mas ele não poderia andar hoje com cevada... ou centeio... no bolso, por um motivo especial? Como amostra, talvez? Algum negócio com cereais?

— Que esperança. Ele hoje à tarde estava esperando a visita do pessoal da Asiatic Oil. E do presidente da Sociedade de Construções Atticus... Mais ninguém.

— Bem, nesse caso...

Neele encerrou o assunto, dispensando a srta. Grosvenor com um gesto de mão.

— Que pernas bonitas que ela tem — comentou Waite com um suspiro. — E que meias de *nylon*...

— Pernas não me adiantam nada — disse Neele. — Continuo só com o que já tinha antes. Cem gramas de centeio... sem a mínima explicação.

4

MARY DOVE PAROU NO MEIO DA ESCADA e espiou pelo janelão. Dois homens tinham descido do carro estacionado diante da porta. O mais alto ficou um instante de costas para a casa, contemplando os arredores. O inspetor Neele e provavelmente um subalterno, deduziu Mary Dove, pensativa.

Afastou-se da janela para se olhar no grande espelho pendurado na parede no ponto em que a escada fazia uma curva... Viu uma figurinha muito séria, de vestido cinza claro com gola e punhos impecavelmente brancos. O cabelo negro, de ondas lustrosas, estava repartido ao meio e preso em coque na nuca... O batom que usava era cor-de-rosa pálida.

O conjunto a agradou. Desceu os degraus com leve sorriso nos lábios.

Neele, ao examinar a casa, pensava: "Chamar isso de chalé, francamente! Chalé do Teixo! A afetação dessa gente rica!" A casa era o que ele chamaria de mansão. Sabia o que vinha a ser um chalé. Foi criado em um! O chalé dos portões de Hartington Park, aquele vasto casarão no estilo do século XVI, de 29 dormitórios, hoje tombado como patrimônio histórico. Pequeno e convidativo por fora, o interior do chalé tinha sido úmido, desconfortável e dotado apenas das mais rudimentares condições higiênicas — fato que os pais do inspetor felizmente aceitaram como perfeitamente correto e adequado. Não precisavam pagar aluguel nem fazer nada além de abrir e fechar os portões quando fosse necessário. E sempre havia uma porção de coelhos e às vezes um faisão ou coisa parecida para a panela. A sra. Neele nunca descobriu os prazeres do ferro elétrico, dos fogões de combustão lenta, dos armários bem-arejados, das torneiras de água quente e fria, nem da luz que se acende pelo simples contato de um dedo. No inverno, os Neele recorriam ao lampião de querosene e, no verão, mal escurecia, metiam-se na cama. Era uma família saudável e feliz, mas completamente atrasada em relação ao progresso.

Por isso, à menção de um chalé, as recordações da infância de Neele se reavivaram. Mas essa casa, pretensamente chamada de Chalé do Teixo, era exatamente o tipo da mansão que os ricos mandam construir para depois se referirem a ela como "a nossa casinha de campo" — o que, segundo a ideia que o inspetor fazia do campo, tampouco correspondia à realidade. Uma casa grande, sólida, de tijolos vermelhos, estendendo-se mais no sentido longitudinal do que vertical, com excesso de torreões e vasto número de janelas de caixilho de chumbo. Os jardins eram exatamente artificiais — dispostos em canteiros de rosas, pérgulas e lagos, além de uma quantidade de sebes de teixo bem-aparadas que justificavam o nome da residência.

Quem quisesse obter taxina em estado bruto não encontraria a menor dificuldade. À direita, atrás da pérgula das roseiras, havia um exemplar deixado pela própria natureza — um teixo imenso, do tipo que a gente associa logo aos cemitérios anexos a igrejas, os galhos suspensos por estacas — uma espécie de Moisés do mundo vegetal. O inspetor concluiu que aquela árvore já se achava ali muito antes que o recente surto de construções de casas de tijolos vermelhos tivesse começado a se difundir pelo interior. E que os campos de golfe fossem estabelecidos e os arquitetos em voga andassem por lá ressaltando as vantagens dos diversos terrenos aos ricos clientes. E por se tratar de preciosa antiguidade, a árvore tinha sido conservada, incorporada ao novo cenário e dado talvez nome à nova e agradável moradia. O Chalé do Teixo. E vai ver que os frutinhos dessa mesma árvore...

Neele interrompeu essas especulações inúteis. Precisava pôr mãos à obra. Tocou a campainha.

A porta foi prontamente aberta por um homem já maduro que correspondia perfeitamente à imagem mental que o inspetor formara dele pelo telefone. Um homem com pretenso ar de elegância, olhar vivo e mão pouco firme.

Identificando-se junto com o subalterno, Neele teve a satisfação de notar a expressão de pânico que logo surgiu nos olhos do mordomo... Não deu muita importância ao luto. Podia facilmente nada ter a ver com a morte de Rex Fortescue. Era bem possível que fosse uma reação meramente automática.

— A sra. Fortescue ainda não voltou?
— Não, senhor.
— Nem o sr. Percival Fortescue? Ou a srta. Fortescue?
— Não senhor.
— Então, por favor, eu gostaria de falar com a srta. Dove.

O homem virou um pouco a cabeça para trás.

— Ela já vem vindo... está descendo a escada.

Neele olhou para a srta. Dove, que descia a ampla escadaria. Dessa vez a imaginação não correspondia à realidade. Inconscientemente, a palavra governanta evoca uma vaga impressão de pessoa imponente e autoritária, vestida de preto, tilintando chaves invisíveis.

O inspetor não estava preparado para a figurinha elegante que vinha em sua direção. A leve tonalidade de asa de pomba do traje, a gola e os punhos brancos, as ondas bem-postas do cabelo, o suave sorriso de Gioconda, tudo parecia, de certo modo, meio irreal, como se essa jovem de menos de trinta anos representasse um papel: não, a seu ver, de governanta, mas de Mary Dove. O conjunto visava corresponder ao nome que tinha.[2]

Cumprimentou-o calmamente.

— Inspetor Neele?

---

[2] Dove: pomba, em inglês.

— Sim. Este é o sargento Hay. O sr. Rex Fortescue, conforme já lhe disse pelo telefone, morreu no St. Jude Hospital às 12h43. Parece provável que tenha sido em consequência de alguma coisa que comeu no café da manhã. Eu gostaria, portanto, que conduzissem o sargento Hay à cozinha para ele se informar sobre os pratos que foram servidos.

Ela o encarou um instante, pensativa, e depois concordou com a cabeça.

— Pois não — disse. Virou-se para o mordomo, que não se afastara, inquieto. — Crump, leve o sargento Hay e mostre-lhe tudo o que ele quiser ver.

Os dois se retiraram juntos.

— Passe, por favor — pediu Mary Dove a Neele.

Abriu a porta de uma sala e, tomando a dianteira, entrou. Era uma peça sem personalidade, onde tudo indicava a "sala de fumar", revestida de madeira, grandes e suntuosas poltronas estofadas e a indefectível série de gravuras esportivas nas paredes.

— Sente-se.

Ele sentou-se e Mary Dove fez o mesmo, à sua frente. Reparou que preferia ficar de rosto voltado para a luz — fato insólito para uma mulher. Ainda mais se tivesse algo a esconder. Mas talvez ela não tivesse.

— É uma pena — disse ela —, que ninguém da família esteja em casa. A sra. Fortescue deve chegar a qualquer momento. E a sra. Percival também. Mandei telegramas ao sr. Percival para vários lugares.

— Eu lhe agradeço, srta. Dove.

— O senhor diz que a morte do sr. Fortescue foi causada por alguma coisa que ele podia ter comido no café da manhã? Que estivesse deteriorada, é isso?

— Possivelmente.

Não tirava os olhos de cima dela.

— Acho pouco provável — retrucou Mary, tranquilamente.

— Hoje de manhã serviram bacon com ovos mexidos, café preto, torradas e geleia. Havia também um presunto no aparador, mas que já tinha sido cortado ontem sem que ninguém sentisse qualquer indisposição. Não houve nenhum peixe, linguiça... nada desse gênero.

— Pelo que vejo a senhora sabe exatamente o que foi servido.

— Evidente. Eu organizo o menu. Para o jantar de ontem...

— Não — interrompeu Neele. — O jantar de ontem está fora de cogitação.

— Sempre pensei que os efeitos de uma intoxicação alimentar levassem às vezes 24 horas para se manifestar.

— Não nesse caso... Poderia me dizer com precisão o que o sr. Fortescue comeu e bebeu antes de sair de casa hoje de manhã?

— Ele pediu chá no quarto às oito horas. Tomou café às nove e quinze. Como já lhe informei, o sr. Fortescue se serviu de ovos mexidos, bacon, café preto, torradas e geleia.

— Nenhum cereal?

— Não, ele não gostava de cereais.

— O açúcar do café... é em tabletes ou refinado?

— Refinado. Só que o sr. Fortescue não tomava café com açúcar.

— Não costumava tomar remédios de manhã? Sais? Um fortificante? Qualquer medicamento para a digestão?

— Não, nada desse tipo.

— A senhora também tomou café junto com ele?

— Não. Eu não faço as refeições com a família.

— Quem estava na mesa?

— A sra. Fortescue. A srta. Elaine. A sra. Percival. O sr. Percival, naturalmente, se achava ausente.

— E a sra. Fortescue e srta. Elaine comeram as mesmas coisas que ele?

— A sra. Fortescue se serviu apenas de café preto, suco de laranja e torrada. A sra. Percival e a srta. Elaine sempre tomam um café reforçado. Além de ovos mexidos e presunto, provavelmente também comeram cereais. A sra. Percival toma chá em vez de café.

Neele refletiu um pouco. As oportunidades pareciam ao menos estar se reduzindo. Apenas três pessoas tinham tomado café em companhia do morto: a mulher, a filha e a nora. Qualquer uma delas poderia ter se aproveitado da ocasião para colocar taxina na xícara dele. O gosto acre do café dissimularia o travo amargo do veneno. Havia também o chá matutino, naturalmente, mas Bernsdorff dera a entender que o sabor seria perceptível no chá. Quem sabe, porém, sendo tão cedo, antes de os sentidos ficarem bem despertos... Levantou os olhos e viu que Mary Dove o observava.

— As suas perguntas a respeito de fortificante e remédios me parecem meio estranhas, inspetor — disse ela. — Dá impressão de que poderiam ter algo de errado ou conter alguma mistura. Seja como for, nenhum desses processos pode ser descrito como envenenamento por intoxicação alimentar.

Neele encarou-a com firmeza.

— Eu não disse... positivamente... que o sr. Fortescue morreu de envenenamento por intoxicação alimentar.

— Mas de alguma forma de envenenamento. Em suma... de veneno, afinal.

E repetiu baixinho:

— Veneno...

Não parecia surpreendida nem espantada. Apenas interessada. Sua atitude era a de quem passa por uma experiência inédita.

E foi de fato o que declarou, comentando depois de um momento de reflexão:

— Nunca deparei antes com um caso de envenenamento.

— Não é nada agradável — informou Neele, impassível.

— Não deve ser, não...

Pensou um pouco e por fim levantou a cabeça com um sorriso imprevisto.

— Não fui eu — disse. — Mas creio que todo mundo lhe dirá o mesmo!

— Não tem ideia de quem possa ter sido, srta. Dove?

Ela encolheu os ombros.

— Francamente, ele era uma criatura detestável. Podia ter sido qualquer pessoa.

— Mas ninguém é envenenado só por ser "detestável", srta. Dove. Geralmente existe um motivo bem concreto.

— Sim, claro.

Ficou pensativa.

— Dá para me contar mais alguma coisa sobre a família?

Ela levantou a cabeça. O inspetor se admirou de ver que tinha o olhar calmo e cheio de malícia.

— O senhor não está querendo que eu preste propriamente um depoimento, não é? Não, não pode ser, porque o sargento anda lá por dentro, ocupado em tumultuar a criadagem. Eu não gostaria que repetissem no tribunal o que tenho a dizer... mas, mesmo assim, bem que me agradaria manifestar minha opinião... sem caráter oficial. Fora de registro, digamos?

— Continue então, srta. Dove. Como já observou, não disponho de testemunhas.

Ela se reclinou na poltrona, sacudindo o pé delicado e franzindo os olhos.

— Deixe-me dizer de saída que não sinto a menor lealdade para com meus patrões. Só trabalho aqui porque o salário é bom e eu insisto que seja compensador.

— Fiquei um pouco admirado de encontrá-la nesse tipo de emprego. Me parece que, com a inteligência e o grau de instrução que evidentemente possui...

— Eu devia estar encerrada num escritório, não é? Ou organizando arquivos num Ministério. Meu caro inspetor Neele, isso aqui é melhor negócio. As pessoas estão prontas a pagar tudo... *tudo*... para não terem preocupações domésticas. Procurar e contratar a criadagem é um serviço absolutamente tedioso. Escrever às agências, por anúncio nos jornais, entrevistar candidatos, marcar entrevistas e, finalmente, manter a coisa toda funcionando direito... requer uma certa capacidade que a maioria das pessoas não tem.

— E suponhamos que, depois de empregados, resolvam de uma hora para outra ir embora? Já soube de casos assim.

Mary sorriu.

— Se for necessário posso arrumar as camas, tirar o pó, cozinhar e servir à mesa sem que ninguém perceba a diferença. Claro que não vou sair por aí apregoando isso. Seriam capazes de se aproveitar da ideia. Mas sempre posso ter a certeza de preencher qualquer brecha. Só que quase nunca é preciso. Trabalho apenas para milionários que estejam dispostos a pagar tudo para dispor de conforto. Pago os maiores salários e assim consigo os melhores empregados disponíveis.

— Como o mordomo, por exemplo?

Ela lançou-lhe um olhar malicioso, compreensivo.

— Sempre há esse problema com casais. O Crump continua conosco por causa da mulher, que é uma das melhores cozinheiras que já vi. A sra. Crump é uma joia e a gente atura muita coisa só para conservá-la aqui. O nosso sr. Fortescue gosta de comer... gostava, aliás. Nessa casa ninguém tem escrúpulos e dinheiro é o que não falta. Manteiga, ovos, leite, a sra. Crump pode exigir o que quiser. Quanto ao Crump, ele é passável. Sabe limpar as baixelas de prata e não é dos piores para servir à mesa. Eu guardo a chave da adega comigo e fico de olho no uísque e no gim, e cuido para que ele trabalhe direito.

O inspetor levantou a sobrancelha.

— A admirável srta. Crichton.[3]

— Eu acho que a gente deve *saber* fazer tudo sozinha. Mesmo que nunca seja preciso. Mas o senhor queria que eu lhe desse minhas impressões sobre a família.

— Se possível.

---

[3] Alusão a *The admirable Crichton*, peça de Sir James Barrie (1860-1937) cujo personagem central é um mordomo modelo, tão cheio de expedientes que salva toda a família dos patrões durante um naufrágio.

— São todos realmente muito odiosos. O falecido sr. Fortescue era o tipo do vigarista que não se deixa pegar em flagrante. Vivia se gabando das várias espertezas que fazia. Tinha modos grosseiros e arrogantes e era decididamente um tirano. Adele, a sra. Fortescue, sua segunda mulher, é uns trinta anos mais moça do que ele. Conheceu-a em Brighton, onde trabalhava como manicure e andava à caça de milionários. É muito bonita... e muito sexy, compreende?

Neele estava escandalizado, mas conseguiu não demonstrar. Na sua opinião, uma moça como Mary Dove não devia dizer tais coisas.

— Adele — continuou ela, na maior calma — casou com ele por interesse, lógico, e o filho, Percival, e a filha, Elaine, ficaram simplesmente lívidos quando souberam. Fazem tudo o que podem para lhe serem antipáticos, mas ela tem o bom senso de não ligar ou fingir que nem vê. Sabe manobrar o velhote como bem entende. Ah, meu Deus, lá estou eu de novo usando o tempo errado. Positivamente não consigo me acostumar com a ideia de que ele já morreu...

— Me fale sobre o filho.

— O caro Val? É assim que a mulher, Jennifer, se dirige a ele. Percival é um hipócrita untuoso. Pernóstico, fingido e cheio de manhas. Morre de medo do pai e sempre se deixou intimidar, mas é muito esperto quando se trata de conseguir o que quer. Ao contrário do velho, é sovina em questões de dinheiro. Tem paixão por economizar. Por isso está demorando tanto para encontrar casa própria. Dispor de uma série de peças aqui contribui para ele fazer o seu pé de meia.

— E a mulher?

— Jennifer é submissa e me parece muito burra. Mas não sei, não. Foi enfermeira de hospital antes do casamento... quando Percival teve pneumonia, tratou dele até o desfecho romântico. O velho levou um choque com o casamento. Era esnobe e queria que Percival "casasse bem", como dizia. Desprezava e humilhava a pobre Jennifer. Acho que ela antipatizava... antipatizava muito com ele. O que mais gosta é de fazer compras e ir ao cinema, e sua maior queixa é que o marido nunca lhe dá dinheiro que chegue.

— E a filha?

— Elaine? Sinto uma certa pena de Elaine. Não é má menina. Uma dessas colegiais cheias de vitalidade, que nunca se resolvem a ficar adultas. É excelente esportista e anda sempre às voltas com excursões de escoteiras e coisas do mesmo gênero. Há pouco tempo teve uma espécie de caso com um jovem professor revoltado, mas o pai descobriu que o namorado tinha ideias comunistas e acabou logo com a história.

— Ela não teve coragem de enfrentá-lo?

— *Ela* teve. Quem mudou de ideia foi o rapaz. Novamente por questões de dinheiro, imagino eu. A coitada da Elaine não é lá muito atraente.

— E o outro filho?

— Nunca o vi. Todo mundo diz que é bonito e que não vale nada. Houve no passado um probleminha qualquer por causa de um cheque falso. Mora na África Oriental.

— E se indispôs com o pai.

— É, o sr. Fortescue não podia deixá-lo sem um vintém porque já o tinha posto de sócio na firma, mas passou anos sem se comunicar com ele e, na verdade, se chegava a se referir a Lance, era para dizer: "Não me falem nesse cretino. Não é meu filho." Apesar disso...

— Sim, srta. Dove?

— Apesar disso — disse Mary bem devagar —, eu não me admiraria se o velho Fortescue andasse querendo trazê-lo de volta para casa.

— Em que se baseia para dizer isso?

— É que mais ou menos há um mês o velho Fortescue teve uma briga tremenda com o Percival... ele descobriu uma coisa que o Percival tinha feito sem seu conhecimento... não sei o que foi... e ficou louco de raiva. De repente, o Percival deixou de ser o queridinho do papai. De uns tempos para cá também anda muito diferente.

— O sr. Fortescue?

— Não. Me refiro ao Percival. Vive com cara de quem está morrendo de preocupação.

— E quanto aos empregados? A senhora já me descreveu os Crump. Quais são os outros?

— Gladys Martin é a camareira ou copeira, como elas gostam de se intitular hoje em dia. Faz a limpeza do andar térreo, põe a mesa, tira os pratos e ajuda o Crump a servir as refeições. O tipo de moça decente, mas meio debiloide. Deve sofrer de adenoides, porque anda sempre fungando.

Neele concordou com a cabeça.

— A arrumadeira propriamente dita é a Ellen Curtis. Velha, confusa e rabugenta, mas boa para o serviço e uma empregada de mão cheia. O resto trabalha por dia... várias mulheres que ajudam quando é preciso.

— E são essas as únicas pessoas que moram aqui?

— Também tem a velha sra. Ramsbottom.

— Quem é ela?

— A cunhada do sr. Fortescue... irmã da primeira mulher, que era bem mais velha do que ele, sendo que a irmã ainda é mais... já deve andar, portanto, lá pelos setenta e tantos. Tem um quarto só para ela no segundo andar... faz sua própria comida e tudo mais, com apenas uma criada que se encarrega da limpeza. É meio excêntrica e nunca gostou do cunhado, mas veio para cá quando a irmã ainda era viva e nunca mais foi embora. O sr. Fortescue nunca se importou muito com ela. A tia Effie, como é chamada, no entanto, é um tipo e tanto.

— E não há mais ninguém?

— Não.

— De modo que chegamos à senhora, srta. Dove.

— Quer pormenores? Sou órfã. Fiz o curso de secretariado na Faculdade St. Alfred. Me empreguei como estenodatilógrafa, desisti, peguei outro emprego; resolvi que estava no negócio errado e comecei minha carreira atual. Já trabalhei para três patrões diferentes. Depois de um ano, ou ano e meio, canso de estar sempre no mesmo lugar e me mudo. Faz pouco mais de um ano que estou no Chalé do Teixo. Vou bater à máquina os nomes e endereços de meus vários empregadores para entregar, junto com uma cópia de minhas referências, ao sargento... Hay, não é isso? Fica bem assim?

— Perfeitamente, srta. Dove.

Neele ficou um instante calado, entretido com a imagem mental de Mary Dove às voltas com o café da manhã do sr. Fortescue. Recuou mais um pouco no passado e viu-a a colher metodicamente os frutinhos do teixo numa pequena cesta. Deu um suspiro e voltou à realidade.

— Agora eu gostaria de falar com a copeira... Gladys, não é? E depois com Ellen, a arrumadeira. — Ao se levantar acrescentou: — A propósito, srta. Dove, não saberia me explicar por que motivo o sr. Fortescue andava com grãos soltos ao bolso?

— Grãos?

Parecia realmente surpresa.

— É... grãos. Isso não lhe sugere nada, srta. Dove?

— Absolutamente nada.

— Quem cuidava das roupas dele?

— Crump.

— Ah, sim. O sr. e a sra. Fortescue dormiam na mesma peça?

— Dormiam. Ele, naturalmente, tinha um quarto de vestir e banheiro exclusivos, tal como ela... — Mary olhou o relógio de pulso. — Acho realmente que ela não deve tardar.

O inspetor já estava de pé.

— Sabe de uma coisa, srta. Dove? — disse com voz afável. — Me parece estranhíssimo que apesar de haver três campos de golfe aqui por perto ainda não tenha sido possível localizar a sra. Fortescue em nenhum deles até agora.

— Não vejo nada de estranho, inspetor. Basta que ela não esteja jogando golfe.

A voz de Mary era impassível.

— Mas me disseram que ela tinha ido jogar.

— Ela levou os tacos e anunciou que essa era a sua intenção. Evidentemente saiu no seu próprio carro.

Neele a encarou com firmeza, percebendo a insinuação.

— Com quem ela ia jogar? A senhora sabe?

— Acho provável que fosse com o sr. Vivian Dubois.

— Compreendo — contentou-se Neele em dizer.

— Vou mandar a Gladys vir falar com o senhor. No mínimo ficará morta de medo. — Parou um instante na porta, depois acrescentou: — Não lhe aconselho levar muito ao pé da letra tudo o que eu disse. Sou uma criatura maliciosa.

E saiu. Neele ficou olhando para a porta fechada, pensativo. Movida ou não pela malícia, o que ela lhe contara não deixava de ser sugestivo. Se Rex Fortescue tinha sido deliberadamente envenenado, hipótese agora quase certa, então o ambiente do Chalé do Teixo parecia muito promissor. Motivos era o que não faltava.

5

A MOÇA QUE ENTROU NA SALA com evidente relutância era sem graça e assustadiça, conseguindo causar a leve sensação de desleixada, apesar de ser alta e de estar elegantemente vestida num uniforme cor de vinho.

— Eu não fiz nada — foi dizendo logo, fixando os olhos implorantes no inspetor. — Não fiz, mesmo. Nem sei do que se trata.

— Não tem importância — retrucou Neele, todo cordial, mudando um pouco de tom. Sua voz parecia mais alegre e com uma inflexão bem mais vulgar. Queria deixar aquela lebre assustada da Gladys totalmente à vontade. — Sente-se aqui — continuou. — Só quero lhe fazer umas perguntas sobre o café de hoje de manhã.

— Eu não fiz absolutamente nada.

— Bem, mas você botou a mesa, não botou?

— Botei, sim.

Até mesmo essa confissão saiu a contragosto. Dava impressão de culpada e apavorada, mas Neele estava acostumado a testemunhas desse tipo. Prosseguiu animado, procurando deixá-la à vontade, fazendo perguntas: quem tinha descido primeiro? E quem fora o seguinte?

A srta. Elaine Fortescue tinha sido a primeira a surgir na sala. Chegou no momento exato em que Crump trazia o bule do café. Depois veio a sra. Fortescue, seguida pela sra. Percival e, finalmente, pelo patrão. Todos se serviram pessoalmente. O chá, o café e os pratos quentes estavam em cima do aparador.

Ela não lhe revelou nada que ele não soubesse. A comida e a bebida eram tal como Mary Dove tinha descrito. O patrão, a sra. Fortescue e a srta. Elaine tomaram café e a sra. Percival, chá. Tudo correra como de costume.

Neele lhe fez perguntas mais pessoais, que ela respondeu com maior presteza. Havia começado a trabalhar em casas particulares, passando depois a garçonete de vários restaurantes. Por fim achou que preferia o trabalho anterior e tinha vindo para o Chalé do Teixo em setembro. Fazia dois meses que estava ali.

— E está gostando?
— Bem, eu acho que não é mau. — Acrescentou: — A gente não cansa tanto os pés... mas se tem menos liberdade...
— Me fale sobre as roupas do sr. Fortescue... sobre os ternos que ele usa. Quem cuida deles? Escova e tudo mais?

Gladys pareceu meio ressentida.

— Quem deve fazer isso é o sr. Crump. Mas ele vive o tempo todo empurrando pra mim.
— Quem escovou e passou o terno que o sr. Fortescue vestiu hoje?
— Não me lembro qual era o que ele usava. Ele tem tantos!
— Você nunca encontrou grãos no bolso de um terno dele?
— Grãos? — Fez cara de espanto.
— Centeio, para ser mais exato.
— Centeio? Isso é pão, não é? Uma espécie de pão preto... que sempre achei com gosto ruim.
— Isso é o pão que se faz do centeio. Centeio é a própria farinha. Encontraram um pouco no bolso do paletó do seu patrão.
— No bolso do paletó dele?
— É. Não sabe como foi parar lá?
— Como é que eu vou saber? Nunca vi.

Não conseguiu arrancar mais nada dela. Perguntou-se se não saberia mais do que estava pronta a admitir. Sem dúvida parecia contrafeita e muito defensiva — mas de modo geral atribuiu isso a um medo justificado da polícia.

Quando por fim dispensou-a, ela perguntou:

— Então é fato, não é? Ele morreu?

— Morreu, sim.

— Bem de repente, não foi? Quando telefonaram lá do escritório disseram que tinha tido um tipo de ataque.

— É... foi um tipo de ataque.

— Eu conheci uma moça que costumava ter ataques — disse Gladys. — Dava de uma hora pra outra. Aquilo sempre me assustava.

De momento, essa reminiscência pareceu acalmar-lhe os receios.

O inspetor dirigiu-se à cozinha. Teve uma acolhida imediata e alarmante. Uma mulher de vastas proporções, com a cara vermelha e armada com o rolo de massa, investiu de maneira ameaçadora contra ele.

— Polícia! — exclamou. — Era só o que faltava! Vir aqui me dizer uma coisa dessas! Fique sabendo que nem por sombra, viu? Tudo o que eu mandei para a sala de refeições estava tal como devia ser. Vir aqui me dizer que envenenei o patrão. Polícia ou não, não interessa. Vou processar vocês. Nessa casa nunca se serviu comida estragada a ninguém.

Neele levou algum tempo para aplacar a cólera da cozinheira. O sargento Hay espiou sorrindo pela porta da copa e o inspetor deduziu que ele já tinha fugido das garras furiosas da sra. Crump.

A cena terminou com o telefone tocando.

Neele chegou no saguão para encontrar Mary Dove já atendendo o chamado. Estava anotando o recado num bloco. Virando a cabeça por cima do ombro, disse:

— É um telegrama.

Terminada a ligação, repôs o fone no gancho e entregou ao inspetor o bloco com o que estava escrito. Procedia de Paris e dizia o seguinte:

"FORTESCUE CHALÉ DO TEIXO BAYDON HEATH SURREY
LAMENTO ATRASO SUA CARTA PONTO CHEGAREI AMANHÃ HORA

DO CHÁ PONTO
ESPERO QUE TENHA VITELA ASSADA NO JANTAR
LANCE"

O inspetor arqueou as sobrancelhas.
— Com que então o filho pródigo tinha sido chamado para voltar para casa — disse.

6

NO MOMENTO EM QUE REX FORTESCUE bebia sua derradeira xícara de chá, Lancelot Fortescue e a mulher estavam sentados, sob as árvores dos Champs-Elysées, observando os passantes.

— Não pense que é fácil "descrevê-lo", Pat. Sou péssimo para descrições. O que você quer saber? O velho não passa de um bom salafrário. Mas não faz mal, não é? Você já deve estar mais ou menos acostumada a isso.

— Ah é — disse Pat. — Tem razão... já me aclimatei.

Procurou disfarçar uma certa desolação na voz. Seria possível que todo mundo fosse salafrário mesmo — ou seria pura falta de sorte sua?

Alta, de pernas longas, não propriamente bonita, mas cheia de um encanto feito de vitalidade e simpatia, gestos elegantes, bela e generosa cabeleira castanha, dava — talvez devido ao prolongado convívio com cavalos — impressão de uma poldra de raça.

Já familiarizada com a desonestidade do mundo hípico, tudo indicava que teria de enfrentar agora a do das finanças. Muito embora o sogro, que ainda não conhecia, aparentasse ser, no que tange à lei, um pilar de retidão. No fim toda essa gente que vive alardeando "esperteza" — tecnicamente, sempre consegue se manter dentro da lei. Parecia-lhe, porém, que o seu Lance, que ela amava e que confessadamente não se portara com muita lisura no passado, era mais direito do que esses prósperos espertalhões.

— Não quero dizer que seja um vigarista... não se trata disso — continuou Lance. — Mas é só deixar que ele passa a perna na gente.

— Às vezes eu acho que odeio quem tem mania de passar a perna nos outros — retrucou Pat. E acrescentou: — Você gosta dele.

Não era uma pergunta — apenas uma constatação.

Lance pensou um pouco e depois, com certa surpresa na voz, admitiu:

— Sabe, querida, que eu acho que gosto mesmo?

Pat riu. Ele se virou para ela. Franziu os olhos. Como era adorável! Amava-a. Valia a pena enfrentar tudo só por causa dela.

— Pensando bem — disse —, voltar vai ser um inferno. Trabalhar na cidade. Chegar em casa às 5h18. Não é o meu tipo de vida. Me sinto muito melhor entre os mal-aquinhoados pela sorte. Mas que se há de fazer? Um dia é preciso se aburguesar mesmo. E com você para me dar a mão, a coisa pode ser até agradável. Depois, já que o velhote mudou de atitude, por que não aproveitar, não é? Confesso que tive uma surpresa ao receber a carta dele... Imagine, logo quem, o Percival, perdendo a cotação que tinha! Percival, o menino bonzinho. Mas convém não esquecer que sempre foi um fingido. Sempre foi.

— Tenho a impressão — disse Patricia Fortescue — de que não vou gostar desse seu irmão.

— Não se deixe levar por mim. Nunca me dei bem com o Percy, é só isso. Enquanto eu torrava minha mesada, ele economizava a dele. Meus amigos não valiam nada, mas eram divertidos, ao passo que Percy se preocupava em travar o que se chama de "boas relações". Não podíamos ser mais diferentes. Sempre o considerei um coitado, e ele... você sabe que às vezes eu acho que ele quase me odiava? Não sei bem por quê...

— A mim me parece óbvio.

— É mesmo, meu anjo? Você é tão inteligente. Sabe que já me perguntei muitas vezes... é incrível dizer uma coisa dessas... mas...

— Mas o quê? Diga.

— Se não teria sido o Percival quem aplicou aquele golpe do cheque... você sabe, quando o velho me expulsou de casa... e a fúria que ele ficou por ter me posto de sócio na firma, não podendo mais me deserdar! Porque o esquisito é que nunca falsifiquei o tal cheque... embora naturalmente ninguém iria acreditar nisso depois daquela vez que eu passei a mão no dinheiro para apostar num cavalo. Eu estava absolutamente certo de que poderia repô-lo e, afinal de contas, o dinheiro não deixava de ser meu, por assim dizer. Mas a história do cheque... não. Não sei por que é que eu meti na cabeça a ideia absurda de que teria sido o Percival... mas, seja como for, meti.

— Mas que lucro *ele* teria, uma vez que foi depositado na sua conta?

— Pois é. Que coisa mais sem pé nem cabeça, não é?

Pat virou-se subitamente para ele.

— Você quer dizer... que ele podia ter feito isso só para ver você fora da firma?

— Sei lá. Ah, paciência... nem vale a pena pensar. Esqueça. Só quero ver a cara que ele vai fazer quando chegar o Filho Pródigo. Aqueles olhos amarelos, sem vida, são bem capazes de saltar das órbitas!

— Ele já sabe que você vai voltar?

— Não me surpreenderia se não soubesse de nada! O velho tem um senso de humor infame.

— Mas o que foi que o seu irmão *fez* para contrariar tanto o seu pai?

— Isso é o que *eu* gostaria de saber. Deve ter sido alguma coisa que deixou o velho lívido de raiva. Para começar a me mandar cartas do jeito que mandou.

— Quando foi que você recebeu a primeira?

— Já faz quatro... não, cinco meses. Toda cautelosa, mas acenando nitidamente o ramo de oliveira. "Seu irmão mais velho mostrou-se insatisfatório em vários sentidos." "Parece que você já criou juízo e assentou a cabeça no lugar." "Prometo-lhe que não há de se arrepender financeiramente." "Você e sua mulher serão bem-vindos." Sabe, querida, que eu acho que o meu casamento com você ajudou muito? O velho ficou impressionado com o fato de eu ter casado com alguém que pertence a uma classe superior à minha.

Pat riu.

— O quê? Que pertence à ralé da aristocracia, você quer dizer, não é?

Ele sorriu.

— Exatamente. Só que ele não reparou na ralé, mas na aristocracia. Você precisava ver a mulher do Percival. É do tipo que fala assim "Passe-me a compota, por gentileza" e conversa sobre selos do correio.

Pat não achou graça. Estava pensando nas mulheres da família para a qual tinha entrado pelo casamento. Era um ponto de vista que Lance não havia levado em consideração.

— E sua irmã? — perguntou.

— Elaine? Ah, ela é boazinha. Era muito criança quando saí de casa. Meio sizuda demais... mas provavelmente já superou essa fase. Leva tudo incrivelmente a sério.

Não parecia nada tranquilizador como perspectiva.

— Ela nunca lhe escreveu... depois que você saiu de casa? — perguntou Pat.

— Eu não deixei nenhum endereço. Mas de qualquer forma ela não teria escrito. Não somos uma família muito unida.

— Estou vendo.

Ele lançou-lhe um olhar rápido.

— Ficou com medo? Da minha família? Não precisa. Nós não vamos morar com eles, ou coisa que o valha. Teremos nossa própria casa, nalgum lugar. Com cavalos, cães, tudo o que você quiser.

— Mas sempre terei que esperar até às 5h18.

— Ah, pois é. E eu indo e voltando da cidade, todo enfatiotado. Mas não se preocupe, meu anjo... existem lugarejos campestres que ficam bem perto de Londres. E de uns tempos para cá eu ando sentindo o micróbio das finanças dentro de mim. Afinal de contas, está no meu sangue... de ambos os lados da família.

—Você quase não se lembra de sua mãe, não é?

— Ela sempre me pareceu incrivelmente velha. E era, lógico. Tinha quase cinquenta anos quando Elaine nasceu. Usava uma porção de coisas que tilintavam, reclinava-se num sofá e me lia histórias de cavaleiros e damas medievais que me matavam de tédio. *Os idílios do rei*[4] de Tennyson. Acho que gostava dela... Era muito sem graça, sabe? Pelo menos vista da minha perspectiva atual.

— Parece que você jamais gostou de alguém — comentou Pat, em tom de censura.

Lance pegou-lhe a mão e apertou-a.

— De você eu gosto — disse.

---

[4] *Os idílios do rei* (*Idylls of the King*), extenso poema em versos de Lorde Alfred Tennyson, publicado entre 1859 e 1885, glorificando o rei Artur e os Cavaleiros da Távola Redonda — obra popularíssima na era vitoriana.

7

O INSPETOR NEELE AINDA ESTAVA com o telegrama na mão quando ouviu um carro se aproximar e parar diante da porta de entrada numa freada súbita.

— Deve ser a sra. Fortescue — disse Mary.

Neele foi até a porta. Pelo rabo do olho notou que Mary batia discretamente em retirada. Era evidente que não pretendia participar da próxima cena. Uma surpreendente demonstração de tato e discrição — e uma também surpreendente falta de curiosidade. Na opinião do inspetor, a maioria das mulheres teria permanecido...

Ao chegar à entrada percebeu que Crump, o mordomo, vinha vindo dos fundos do corredor. O que indicava que tinha escutado o carro.

Era um Bentley, modelo esporte, de dois lugares. Um casal saltou e dirigiu-se à casa. Ao alcançarem a porta, esta se abriu. Admirada, Adele Fortescue encarou o inspetor Neele.

Viu logo que era uma mulher lindíssima e também compreendeu o acerto do comentário de Mary, que na ocasião tanto o escandalizara. Adele Fortescue, de fato, era "muito sexy". O corpo e o tipo lembravam a loura srta. Grosvenor, mas ao passo que a esta era atraente por fora e o próprio recato por dentro, Adele Fortescue tinha um encanto ostensivo, numa sedução óbvia, nada sutil. Anunciava simplesmente a qualquer homem: "Cá estou eu. Sou mulher." Falava, movimentava-se e respirava sexo — e, no entanto, no meio disso tudo, os olhos revelavam uma frieza calculista. Teve impressão de que Adele Fortescue gostava de homens — mas sempre haveria de preferir o dinheiro.

Contemplou o sujeito atrás dela, que carregava os tacos de golfe. Conhecia muito bem o gênero: o especialista em esposas jovens de milionários idosos. Vivian Dubois, se é que se tratava dele, tinha aquela masculinidade meio forçada que, na realidade, não é nada disso. O tipo do homem que "compreende" as mulheres.

— Sra. Fortescue?

— Sim. — Arregalou os olhos azuis. — Mas não o...

— Sou o inspetor Neele. Receio ter más notícias para a senhora.

— Quer dizer... um roubo... algo assim?

— Não, nada disso. É a respeito de seu marido, que hoje de manhã adoeceu gravemente.

— Rex? Doente?

— Desde às onze e meia que estamos tentando localizá-la.

— Onde é que ele está? Aqui? Ou no hospital?

— Foi transportado para o St. Jude Hospital. Lamento, mas a senhora deve se preparar para o pior.

— Não me diga que... ele *morreu*?!

Cambaleou um pouco, segurando-se no braço dele. Muito sério, sentindo-se como se estivesse representando num palco, o inspetor ajudou-a a entrar. Crump ficou por perto, solícito.

— Ela precisa de conhaque — disse.

— Tem razão, Crump — retrucou a voz grossa do sr. Dubois. —Vá buscar. — E para o inspetor: — Por aqui.

Abriu a porta à esquerda. A procissão desfilou: o inspetor e Adele Fortescue, Vivian Dubois e, por fim, Crump, com uma garrafa de cristal e dois cálices.

Adele mergulhou numa poltrona, cobrindo os olhos com a mão. Aceitou o cálice que o inspetor lhe oferecia e tomou um pequeno gole, afastando-o em seguida.

— Não quero mais — disse. — Já estou bem. Mas diga-me, o que foi? Um ataque, imagino? Pobre Rex.

— Não foi ataque, sra. Fortescue.

— O senhor falou que era inspetor? — Dessa vez, a pergunta partia do sr. Dubois.

Neele virou-se para ele.

— Exatamente — respondeu, afável. — Inspetor Neele, do C.I.D.

Notou o pânico aumentar nos olhos escuros. Dubois não estava gostando da presença de um inspetor do C.I.D. de jeito nenhum.

— Que foi que houve? — disse o sujeito. — Algum problema... é?

Sem querer, tinha recuado um pouco na direção da porta. Neele percebeu a reação.

— Acho que terão de instaurar um inquérito.

— Um inquérito? Como assim... que quer dizer?

— Lamento que tudo isso lhe seja muito penoso, sra. Fortescue. — As palavras lhe saíam suaves. — Pareceu-nos aconselhável apurar, com a máxima brevidade possível, o que o sr. Fortescue havia comido ou bebido antes de sair para o escritório hoje de manhã.

— Quer dizer que pode ter sido *envenenado*?

— Bem... tudo indica que sim.

— É inacreditável. Ah... o senhor quer dizer por algum *alimento*.

A voz baixou meia oitava nas últimas palavras. O inspetor, com a fisionomia impassível e sempre se exprimindo suavemente, interpelou:

— O que foi que a senhora tinha entendido?

Ignorando a pergunta, ela se apressou a declarar:

— Mas como é que não aconteceu nada com os outros... com nenhum de nós?

— Pode falar por todos os membros da família?

— Bom... claro que não... realmente não posso.

Olhando ostensivamente a hora, Dubois anunciou:

— Tenho que ir andando, Adele. Meus sinceros pêsames. Você não precisa de nada, não é? Quero dizer, tendo os empregados, a pequena Dove e tudo mais...

— Ah, Vivian, por favor. Não vá embora.

Era praticamente um gemido, que produziu efeito adverso no sr. Dubois, aumentando-lhe a pressa de se retirar.

— Sinto muito, minha querida. Tenho um compromisso urgente. A propósito, inspetor, estou hospedado na Dormy House. Caso precise de mim... para qualquer coisa.

Neele concordou com a cabeça. Não pretendia retê-lo. Mas já tinha percebido o significado daquela pressa. Dubois não queria se meter em complicações.

Numa tentativa para acabar com aquela situação, Adele Fortescue disse:

— É um choque tão grande voltar e encontrar a *polícia* em casa.

— Sim, deve ser. Mas, a senhora compreende, era necessário agir prontamente a fim de obter as amostras indispensáveis de comida, café, chá etc.

— Chá e café? Mas isso não envenena ninguém. No mínimo foi aquele bacon horrível que às vezes compram aqui em casa. Há dias que não dá para comer.

— Nós descobriremos, sra. Fortescue. Não se preocupe. A senhora ficaria surpresa com as coisas que podem acontecer. Certa vez tivemos um caso de envenenamento por digitalina. Só porque haviam colhido folhas de dedaleira por engano, em vez de rábano-rústico.

— Julga que aqui possa ter acontecido algo semelhante?

— Só saberemos depois da autópsia, sra. Fortescue.

— Da autóp... ah, sim. — Estremeceu.

— A senhora tem uma porção de teixos ao redor da casa, não é? Será que não haveria possibilidade de que os frutinhos ou as folhas se... misturassem com alguma coisa?

Observava-a atentamente. Ela o encarou.

— Frutinhos de teixo? São venenosas?

A admiração parecia um pouco exagerada e inocente demais.

— Já houve casos de crianças que comeram com resultados desastrosos.

Adele pôs as mãos na cabeça.

— Não suporto mais falar sobre isso. Me desculpe, sim? Quero ir me deitar. Não aguento mais. Percival cuidará de tudo... eu não posso... não posso... não é justo me pedir uma coisa dessas.

— Entraremos em contato com o sr. Percival assim que for possível. Mas infelizmente ele se encontra no Norte da Inglaterra.

— Ah é, eu tinha me esquecido.

— Só mais uma coisa, sra. Fortescue. Havia uma pequena quantidade de grãos no bolso do seu marido. Poderia me dar alguma explicação para isso?

Ela sacudiu a cabeça. Parecia completamente espantada.

— Será que alguém teria posto aquilo ali por brincadeira?

— Brincadeira? Não vejo por quê.

Neele também não via.

— Não vou incomodá-la mais por enquanto, sra. Fortescue — disse. — Quer que lhe mande uma das empregadas? Ou a srta. Dove?

— Quê?

A palavra saiu distraída. Perguntou-se no que ela estaria pensando.

Remexeu na bolsa e tirou um lenço. A voz lhe tremeu.

— Que coisa medonha — murmurou, vacilante. — Só agora começo a me dar conta. Fiquei meio *apatetada*. Pobre Rex. Pobre do meu querido Rex.

Soluçou de um modo que era quase convincente.

O inspetor a observou um instante, respeitoso.

— Foi muito repentino, eu sei — disse. — Vou mandar alguém para lhe fazer companhia.

Dirigiu-se à porta, abriu-a e saiu. Parou um pouco antes de se virar para o interior da sala.

Adele Fortescue ainda estava com o lenço nos olhos. As pontas pendiam, mas não ocultavam por completo a boca. Havia um leve sorriso nos lábios.

8

I

— Fiz o possível, inspetor — relatou o sargento Hay. — Consegui a geleia, um pedaço de presunto e amostras do chá, café e açúcar, embora não creia que vá adiantar coisa alguma. A essa altura o conteúdo das xícaras, propriamente dito, já foi jogado fora, lógico. Mas tem uma coisa. Sobrou muito café no bule e os criados se serviram à vontade no refeitório deles... detalhe que me parece importante.

— É importante, sim. Isso prova que, se ele ingeriu o veneno no café, deve ter sido posto na própria xícara.

— Por alguém que se achava presente. Exato. Me informei, com cautela, sobre a tal história do teixo... frutinhos ou folhas... mas ninguém viu nada disso pela casa. Parece também que ninguém sabe nada a respeito do cereal que ele tinha no bolso... Simplesmente não entendem. Eu tampouco. Ele não dava impressão de ser um desses fanáticos da nutrição que comem qualquer coisa, desde que não seja cozida. O marido da minha irmã é assim. Cenouras, ervilhas, nabos, tem que ser tudo cru. Mas nem mesmo ele é capaz de comer grãos crus. Sim, porque devem inchar no estômago de uma maneira horrível.

O telefone tocou. O inspetor fez um sinal e o sargento Hay correu a atender. Seguindo-o, Neele constatou que era da sede do C.I.D. Tinham localizado o sr. Percival, que já estava a caminho de Londres.

Quando o inspetor repôs o fone no gancho, um carro estacionou à porta de entrada. Crump foi abri-la. Surgiu uma mulher carregada de embrulhos. Crump pegou-os.

— Obrigada, Crump. Pague o táxi, sim? Agora vou tomar chá. A sra. Fortescue ou a srta. Elaine estão em casa?

O mordomo hesitou, olhando para trás por cima do ombro.

— Recebemos más notícias, Madame. — disse. — A respeito do patrão.

— Do sr. Fortescue?

Neele aproximou-se.

— Esta é a sra. Percival, inspetor.

— Que é? Que foi que houve? Algum acidente?

O inspetor examinou-a bem enquanto respondia. Jennifer Fortescue era uma mulher rechonchuda, de expressão descontente na boca, que devia andar pelos trinta anos. Começou a fazer perguntas com uma espécie de sofreguidão. Ocorreu-lhe a ideia de que devia ser uma criatura muito entediada.

— Lamento ter que informar-lhe que o sr. Fortescue foi levado hoje de manhã, gravemente enfermo, para o St. Jude Hospital, onde veio a falecer.

— Falecer? Quer dizer que morreu? — A notícia era evidentemente ainda mais sensacional do que ela esperava. — Deus do céu... que surpresa. Meu marido está viajando. O senhor terá que entrar em contato com ele. Anda lá pelo norte. Mas com certeza no escritório sabem o paradeiro dele. Essas coisas acontecem sempre no momento mais inoportuno, não é mesmo?

Parou um instante, para refletir.

— Creio que tudo depende do lugar onde se efetuar o enterro — disse. — No mínimo vai ser aqui. Ou será em Londres?

— Isso quem decide é a família.

— Claro. Estava apenas pensando.

Pela primeira vez tomava conhecimento direto do homem que lhe falava.

— O senhor é do escritório? — perguntou. — Não é médico, não é?

— Sou oficial da polícia. A morte do sr. Fortescue foi muito repentina e...

Ela o interrompeu.

— Quer dizer que ele foi *assassinado*?

Era a primeira vez que se mencionava a palavra. Neele observou atentamente aquele rosto sôfrego, inquisitivo.

— Ora, por que foi pensar nisso?

— Não sei, às vezes as pessoas são. O senhor disse "repentina". E é da polícia. Já falou com ela a respeito disso? Que disse ela?

— Acho que não entendi direito. A quem se refere?

— À Adele, lógico. Eu sempre disse ao Val que o pai dele tinha que estar louco para querer casar com uma mulher muito mais moça que ele. Os homens, quando envelhecem, ficam uns verdadeiros idiotas. Andava bestificado por aquela criatura horrível. E agora veja o resultado... Estamos metidos numa bela encrenca. Fotos nos jornais e repórteres batendo aqui na nossa porta.

Fez uma pausa, evidentemente visualizando o futuro numa série de fotografias brutais, de todas as cores. Neele teve impressão de que a perspectiva não lhe era totalmente desagradável. Ela se virou de novo para ele.

— Que foi? Arsênico?

— Ainda não determinaram a causa da morte — respondeu o inspetor, com voz contida. — Terão que proceder a autópsia e abrir inquérito.

— Mas o senhor já sabe, não é? Senão não teria vindo cá.

Havia uma súbita sagacidade naquele rosto rechonchudo e meio tolo.

— No mínimo andou interrogando sobre o que ele comeu e bebeu, não? Ontem à noite, no jantar. No café de hoje de manhã. E todos os drinques, naturalmente.

Podia ver o espírito dela passando rapidamente em revista todas as possibilidades. Respondeu com cautela:

— Parece provável que a doença do sr. Fortescue fosse proveniente de algo que ele comeu no café.

— No café? — Parecia surpresa. — É difícil. Não vejo como...
Fez uma pausa e sacudiu a cabeça.

— Não vejo como ela poderia ter feito isso, então... a menos que pusesse algo no café... quando Elaine e eu não estávamos olhando...

Uma voz suave baixinho perto deles:

— Seu chá já está servido na biblioteca, sra. Percival.

Jennifer deu um salto.

— Ah, obrigada, srta. Dove. Sim, uma xícara de chá não viria mal. Francamente, eu me sinto arrasada. E o senhor... inspetor...

— Agora não, obrigado.

O corpo rechonchudo hesitou e depois se afastou devagar. Quando desapareceu na porta, Mary murmurou:

— Acho que ela nunca ouviu falar na palavra "calúnia".

Neele não respondeu. Mary continuou:

— Há alguma coisa que eu possa fazer pelo senhor?

— Onde posso encontrar Ellen, a arrumadeira?

— Eu levo o senhor até lá. Ela acaba de subir para o segundo andar.

II

Ellen podia ser rabugenta, mas medrosa é que não era. Fulminou o inspetor com um ar de triunfo na cara velha e azeda.

— Que negócio mais chocante, seu moço. Nunca pensei que algum dia iria me encontrar num lugar onde acontecesse uma coisa dessas. Mas até que não me admiro. O fato é que há muito tempo que já devia ter me demitido. Não gosto da linguagem que se usa nessa casa, nem da quantidade de bebida que tomam e tampouco aprovo o que se vem passando sob esse teto. Não tenho nada contra a sra. Crump, mas o Crump e a tal de Gladys simplesmente não sabem o que é trabalhar direito. O que mais me incomoda, porém, são as coisas que vêm acontecendo por aqui.

— Que quer dizer, exatamente?

— Se o senhor ainda não sabe, não tardará em saber. Todo mundo na vizinhança já comenta. Eles foram vistos aqui, ali, em toda a parte. Essa história de fingir que jogam golfe... ou tênis. E as coisas que tenho enxergado... com meus próprios olhos... nessa casa. A porta da biblioteca tinha ficado aberta e lá estavam os dois, aos beijos e abraços.

O veneno da solteirona era letal. Neele realmente achou supérfluo perguntar: "Quem?", mas mesmo assim perguntou.

— Quem havia de ser? A patroa... e o tal sujeito. Não têm a menor vergonha na cara. Mas, na minha opinião, o patrão já tinha notado. Botou alguém para vigiar os dois, ah, se botou. Divórcio, nisso é que ia dar. Em vez disso, terminou *assim*.

—Você quer dizer que...

— O senhor andou perguntando por aí o que foi que o patrão tinha comido e bebido, e quem que serviu para ele. Aqueles dois agiram juntos, seu moço, ouça o que lhe digo. Ele conseguiu o troço em alguma parte e ela deu pro patrão; foi assim que aconteceu, eu não tenho dúvida.

— Nunca viu nenhum frutinho de teixo na casa... ou jogado num canto qualquer?

Os olhinhos brilharam de curiosidade.

—Teixo? Uma coisa venenosa, medonha. Nunca toque nesses frutinhos, minha mãe sempre dizia quando eu era criança. Foi *isso* que usaram, moço?

— Por enquanto ainda não se sabe.

— Nunca vi ela mexendo no teixo. — Ellen parecia decepcionada. — Não, não posso dizer que tenha visto nada desse gênero.

Neele interrogou-a sobre os grãos de centeio encontrados no bolso de Fortescue, mas também não conseguiu descobrir nada.

— Não senhor. Não sei de nada disso.

Continuou com outras perguntas, mas sem resultados positivos. Por fim indagou se podia falar com a sra. Ramsbottom.

Ellen fez cara de dúvida.

— Eu posso perguntar, mas não é qualquer um que ela recebe. Está muito velha, sabe, e é meio esquisita.

O inspetor insistiu e, com certa relutância, Ellen conduziu-o por um corredor e um pequeno lance de escada que levava ao que imaginou que se destinasse a um recanto de brinquedos infantis.

Ao segui-la, olhou por uma janela e viu o sargento Hay parado junto do pé de teixo, conversando com um homem que só podia ser o jardineiro.

Ellen bateu numa porta e quando recebeu resposta, abriu-a e disse:

— Está aí um moço da polícia que gostaria de falar com a senhora, sra. Ramsbottom.

A resposta, pelo visto, devia ter sido afirmativa, porque ela recuou e fez sinal para Neele entrar.

O quarto tinha um excesso de móveis quase fabuloso. O inspetor teve a sensação de haver caído em plena era vitoriana. A uma mesa próxima a uma lareira a gás, uma velha sentada jogava paciência. Usava vestido marrom e os ralos cabelos grisalhos lhe caíam de cada lado do rosto.

Sem levantar a cabeça nem interromper o jogo, pediu impaciente:

—Vamos, entre, entre. Sente-se, querido.

O convite não era fácil de ser aceito, pois todas as cadeiras pareciam estar cobertas por tratados ou publicações de índole religiosa.

Enquanto ele afastava os volumes um pouco para o lado do sofá, a sra. Ramsbottom de repente perguntou:

— Interessa-se por obras missionárias?

— Bem, senhora, muito, acho que não.

— Pois faz mal. Devia se interessar. É onde se encontra o espírito cristão hoje em dia. Nos confins da África. Na semana passada veio aqui um rapaz que era pastor. Preto como o seu chapéu. Mas um verdadeiro cristão.

Neele ficou sem saber o que dizer.

A velha o desconcertou ainda mais acrescentando logo:

— Não tenho rádio.

— Como disse?

— Ah, pensei que talvez tivesse vindo por causa da licença, ou de um desses formulários idiotas. Do que se trata então, meu rapaz?

— Sra. Ramsbottom, lamento ter que informar-lhe que o sr. Fortescue foi levado hoje de manhã, gravemente enfermo, para o St. Jude Hospital, onde veio a falecer.

A sra. Ramsbottom continuou jogando paciência sem demonstrar o menor sinal de perturbação, limitando-se a comentar em tom coloquial:

— Liquidado finalmente pela arrogância e pelo pecado do orgulho. Bem, isso tinha que acontecer mesmo.

— Espero que não represente um choque para a senhora.

Evidente que não representava, mas o inspetor queria ouvir o que ela ia dizer.

A sra. Ramsbottom lançou-lhe um olhar penetrante por cima dos óculos.

— Se pretende dizer que não sinto pesar, tem toda a razão. Rex Fortescue sempre foi um pecador e nunca o suportei.

— A morte dele foi muito repentina...

— Como os ímpios merecem — sentenciou a velha, satisfeita.

— É possível que tenha sido envenenado...

O inspetor fez uma pausa para observar o efeito causado.

Não lhe pareceu perceptível. A sra. Ramsbottom murmurou apenas:

— Sete vermelho sobre o oito preto. Agora posso deslocar o rei para cima.

Aparentemente surpresa pelo silêncio do inspetor, parou com a carta na mão e perguntou, veemente:

— Bem, que quer que eu diga? Não fui eu quem o envenenou, se é isso que está procurando saber.

— Não tem nenhuma ideia de quem possa ter sido?

— Essa pergunta é muito impertinente — respondeu vivamente a velha. — Nessa casa moram dois dos filhos da minha falecida irmã. Recuso-me a acreditar que alguém que tenha sangue dos Ramsbottom nas veias possa ser culpado de homicídio. Porque é a um homicídio que o senhor se refere, não é?

— Eu não disse isso, senhora.

— Claro que foi crime. Sempre houve uma porção de gente disposta a matar o Rex. Um indivíduo sem o mínimo escrúpulo. E, como diz o ditado, cedo ou tarde se paga pelos pecados cometidos.

— Está pensando em alguma pessoa determinada?

A sra. Ramsbottom recolheu as cartas e se levantou. Era uma mulher alta.

— Acho melhor o senhor se retirar — disse.

Falou sem cólera, mas com uma espécie de fria determinação.

— Quer saber minha opinião? — continuou. — Decerto foi um dos criados. Aquele mordomo me parece um bom pulha e a tal arrumadeira não passa de uma retardada mental. E agora boa noite.

Neele saiu, submisso. Não restava dúvida, a velha era incrível. Não se lhe podia arrancar nada.

Desceu a escada até o saguão quadrado e de repente se viu frente à frente com uma moça alta e morena, de gabardina úmida, que o encarou com atônita curiosidade.

— Acabo de chegar — disse. — E me disseram... que papai... morreu.

— Infelizmente é verdade.

Ela estendeu a mão para trás, como se tateasse às cegas, em busca de apoio. Encontrou uma arca de carvalho e lenta, rigidamente, sentou-se nela.

— Não! — exclamou. — Não...

Duas lágrimas escorreram-lhe, vagarosas, pelas faces.

— Que horror — murmurou. — E eu que pensava que nem gostasse dele... que o odiava... Mas não pode ser, senão não faria caso. E eu faço.

Ficou ali sentada, encarando o vácuo, as lágrimas reaparecendo inelutavelmente nos olhos e rolando pelo rosto a baixo.

Por fim tornou a falar, quase sem fôlego.

— O mais horrível é que assim tudo se simplifica. Quero dizer, agora posso casar com o Gerald. E fazer o que bem entendo. Mas é horrível que aconteça desse jeito. Eu não queria que papai morresse... Não queria, não. Ah, papai... papai...

Pela primeira vez desde que tinha posto os pés no Chalé do Teixo, Neele deparava com assombro o que lhe parecia um autêntico sentimento de pesar pelo morto.

9

— PARA MIM, FOI A MULHER — disse o comissário-adjunto, depois de ouvir atentamente o relatório do inspetor Neele.

Tinha sido um resumo admirável do caso. Breve, mas sem deixar escapar nenhum detalhe importante.

— É — repetiu o comissário-adjunto. — Deve ter sido ela. O que é que você acha, hein, Neele?

O inspetor respondeu que também era da mesma opinião. Comentou cinicamente que em geral sempre era a mulher... ou o marido, dependendo do caso.

— Não há dúvida de que ela teve a oportunidade. Mas e o motivo? — O comissário-adjunto fez uma pausa. — Existe algum?

— Ah, creio que sim. O tal sr. Dubois, o senhor sabe.

— Acha que ele também participou da coisa?

— Não chegaria a tanto. — Neele ponderou a hipótese. — Nem seria bobo de arriscar a própria pele. Talvez tenha adivinhado que ela estivesse com essa ideia, mas não acredito que a instigasse.

— Não, é um sujeito muito cauteloso.

— Demais.

— Bem, não devemos tirar conclusões precipitadas, mas parece um bom ponto de partida. E os outros dois que tiveram oportunidade?

— São a filha e a nora. A filha andou às voltas com um rapaz que o pai não queria ter como genro. E ele positivamente só casaria se ela tivesse dinheiro. O que dá um motivo a *ela*. Quanto à nora, não sei o que dizer. Ainda não a conheço suficientemente bem. Mas qualquer uma das três poderia tê-lo envenenado, e não vejo possibilidade para ninguém mais. A copeira, o mordomo, a cozinheira, ou fizeram ou trouxeram o café, mas nenhum deles seria capaz de ter certeza de que só o próprio Fortescue fosse ingerir a taxina. Isto é, se foi taxina *mesmo*.

— Foi, sim — afirmou o comissário-adjunto. — Acabo de receber o laudo preliminar.

— Então isso já está resolvido — disse o inspetor Neele. — Podemos seguir adiante.

— Qual foi a reação dos criados?

—Tanto o mordomo como a copeira parecem nervosos. Não há nada de anormal nisso. É comum acontecer. A cozinheira anda que é uma fera e a arrumadeira vibrou, de uma maneira assustadora. Em suma, está tudo perfeitamente natural.

— Não há mais ninguém que você, sob qualquer ponto de vista, considere suspeito?

— Não, senhor. Acho que não. — Involuntariamente, o inspetor se lembrou do sorriso enigmático de Mary Dove. Não restava dúvida de que tinha um leve, mas definido ar de antagonismo. Disse em voz alta: — Agora que sabemos que usaram taxina, será preciso conseguir alguma prova do modo como foi obtida ou preparada.

— Pois é. Continue investigando, Neele. Por falar nisso, o sr. Percival já chegou. Conversamos um pouco e ele se encontra à sua disposição. Localizamos também o outro filho. Está em Paris, no Bristol, e vem hoje para cá. Você decerto vai mandar alguém para esperá-lo no aeroporto, não?

— Sim, comissário. Essa era a minha ideia...

— Então convém ir logo falar com o sr. Percival Fortescue.

O comissário-adjunto deu uma risadinha.

— Percy, o pernóstico, devia ser o nome dele.

Percival era louro, bem-posto, com cerca de trinta anos, cabelos e pestanas claros e um jeito de falar ligeiramente pedante.

— Isso constituiu um choque tremendo para mim, inspetor Neele.

— Posso imaginar, sr. Percival.

— Apenas posso dizer que meu pai estava perfeitamente bem quando saí de casa anteontem. Essa intoxicação alimentar, ou o que quer que tenha sido, foi muito repentina, não?

— Foi, sim. Mas não se trata de intoxicação alimentar, sr. Percival.

Percival fixou o olhar e franziu a testa.

— Não? Então por isso é que... — não concluiu a frase.

— Seu pai foi envenenado pela aplicação de taxina — disse o inspetor.

— Que é isso? Nunca ouvi falar.

— Creio que pouquíssimas pessoas conhecem. É um veneno que tem efeito repentino e fatal.

A testa se franziu ainda mais.

— Quer dizer, inspetor, que meu pai foi deliberadamente envenenado por alguém?

— Ao que parece, sim.

— Mas que barbaridade!

— Com efeito, sr. Percival.

— Agora entendo a atitude deles lá no hospital... — murmurou Percival —, o pedido para que eu viesse cá. — Fez uma pausa e depois perguntou: — E o enterro?

— O inquérito está marcado para amanhã, depois da autópsia. Mas é mera formalidade, porque será transferido.

— Compreendo. Em geral é assim que se procede, não?

— Pelo menos hoje em dia.

— Se me permite a pergunta, o senhor já tem alguma ideia, alguma suspeita de quem possa ter... Realmente, eu... — não concluiu de novo a frase.

— É um pouco cedo para isso, sr. Percival — murmurou Neele.

— Sim, tem razão.

— Em todo caso, o senhor ajudaria muito se nos pudesse dar alguma noção das disposições testamentárias de seu pai. Ou talvez indicar o nome do advogado dele.

— Os advogados são Billingsby, Horsethorpe & Walters, com escritório em Bedford Square. Quanto ao testamento, creio que posso lhe informar, mais ou menos, sobre as disposições principais.

— Então, por favor, sr. Percival. Sinto muito, mas é uma rotina que temos de cumprir.

— Dois anos atrás, quando tornou a casar, meu pai fez um novo testamento — declarou Percival com precisão —, deixando a soma de cem mil libras para a esposa e cinquenta mil para minha irmã Elaine. O legatário do restante seria eu, que naturalmente já sou sócio da firma.

— Ele não deixou nada para o seu irmão, Lancelot Fortescue?

— Não. Já faz muito tempo que meu pai e meu irmão romperam relações.

Neele lançou-lhe um olhar penetrante, mas Percival parecia perfeitamente seguro de sua afirmação.

— Dessa maneira, segundo o testamento — perguntou o inspetor —, as três pessoas que podem herdar são a sra. Fortescue, a srta. Fortescue e o senhor?

— Acho que não herdarei grande coisa. — Percival suspirou. — Sabe, inspetor, há os impostos de transmissão e de uns tempos para cá meu pai tem sido... bem, tudo o que posso dizer é: extremamente leviano em alguns de seus negócios financeiros.

— O senhor e seu pai não vinham se entendendo sobre a administração da firma, não é? — O inspetor soltou a pergunta da maneira mais natural.

— Eu expliquei a ele o meu ponto de vista, mas... — Percival encolheu os ombros.

— Explicou com bastante energia, não foi? — indagou Neele. — Em suma, para deixar de rodeios, quase chegaram às vias de fato, não?

— Eu não diria isso, inspetor.

A testa de Percival avermelhou de contrariedade.

— Então talvez a discussão que tiveram foi sobre outro assunto, sr. Percival.

— Não houve nenhuma discussão, inspetor.

— Está absolutamente certo disso, sr. Percival? Bom, não tem importância. O senhor disse que seu pai e seu irmão continuam de relações abaladas?

— Exatamente.

— Então quem sabe pode me explicar... o que significa isto?

Neele entregou-lhe o texto do telegrama anotado por Mary Dove.

Percival leu e soltou uma exclamação de surpresa e aborrecimento. Parecia ao mesmo tempo incrédulo e furioso.

— Não entendo, realmente não entendo. Mal posso acreditar.

— Mas parece que é verdade, sr. Percival. Seu irmão chega hoje de Paris.

— Mas é incrível, simplesmente incrível. Não, eu realmente não entendo.

— Seu pai não lhe falou nada sobre isso?

— Claro que não. Que coisa mais abominável. Mandar chamar o Lance pelas minhas costas.

— Segundo parece o senhor não tem a menor ideia do *motivo* que levou seu pai a fazer isso?

— Lógico que não. Mas está bem de acordo com o procedimento dele de uns tempos para cá... Louco! Inexplicável. É preciso impedir... eu...

Parou abruptamente. A cor desapareceu de novo de seu rosto pálido.

— Tinha me esquecido... — disse. — Por um instante esqueci que meu pai morreu...

Neele sacudiu a cabeça, compreensivo.

Percival se preparou para se retirar. Ao pegar o chapéu, disse:

— Me avise, se houver algo que eu possa fazer. Mas imagino... — hesitou —, que virá ao Chalé do Teixo, não?

— Sim, sr. Percival... Já deixei um encarregado lá.

Percival estremeceu de uma maneira afetada.

— Isso tudo vai ser muito desagradável. Pensar que uma coisa dessas iria nos acontecer...

Suspirou e dirigiu-se à porta.

— Estarei a maior parte do dia no escritório. Há uma porção de assuntos a tratar aqui na cidade. Mas hoje à noite voltarei ao Chalé do Teixo.

— Perfeitamente.

Percival Fortescue saiu da sala.

— Percy, o pernóstico — murmurou Neele.

O sargento Hay, sentado discretamente junto à parede, levantou a cabeça e perguntou:

— Que foi que o senhor disse?

E como Neele não respondesse:

— Qual é a sua opinião sobre tudo isso, hein, inspetor?

— Sei lá — disse Neele. E citou em voz baixa: — "São todos muito antipáticos."

O sargento Hay fez uma cara atônita.

— *Alice no País das Maravilhas* — explicou Neele. — Você nunca leu, Hay?

— É um clássico, não é, inspetor? — retrucou Hay. — Estão sempre lendo no rádio. Mas eu nunca ouço esse tipo de programa.

10

I

Fazia uns cinco minutos que o avião tinha decolado de Le Bourget quando Lancelot Fortescue abriu a edição europeia do *Daily Mail*. Não demorou muito para soltar uma exclamação. Pat, no assento vizinho, virou a cabeça, intrigada.

— É o velho — explicou Lance. — Ele morreu.

— Morreu! Seu pai?

— É. Parece que se sentiu mal de repente no escritório, levaram-no para o St. Jude Hospital, onde morreu logo em seguida.

— Que lástima, meu bem. Mas o que foi? Enfarte?

— Acho que sim. É o que tudo indica.

— Ele nunca tinha tido nenhum?

— Não. Que eu saiba, não.

— Eu imaginava que ninguém morresse do primeiro.

— Coitado do velhote — disse Lance. — Nunca pensei que gostasse muito dele, mas agora que morreu, não sei...

— Claro que você gostava dele.

— Nem todo mundo tem bom caráter como você, Pat. Bem, paciência. Parece que ando de azar de novo, não é?

— Pois é. Esquisito que isso fosse acontecer logo agora, no momento exato em que você está voltando para casa.

Ele se virou vivamente para ela.

— Esquisito? Esquisito por quê, Pat?

Ela lançou-lhe um olhar meio surpreendido.

— Ora, pela coincidência.

—Você quer dizer que tudo o que eu faço não dá certo?

— Não, meu bem, não foi isso que eu quis dizer. Mas que é muita falta de sorte, é.

— Sim, acho que tem razão.

— Que lástima — repetiu Pat.

Quando chegaram a Heath Row e aguardavam o momento de desembarcar do avião, um funcionário da companhia aérea perguntou em voz alta:

— O sr. Lancelot Fortescue está a bordo?

—Aqui — respondeu Lance.

— Queira ter a bondade de me acompanhar.

Lance e Pat saíram do avião junto com ele, na frente dos outros passageiros. Ao passarem por um casal no último banco, ouviram o marido cochichar para a mulher:

— No mínimo devem ser contrabandistas. Apanhados em flagrante.

II

— Que coisa mais absurda — disse Lance. — Simplesmente absurda.

Encarou o inspetor do outro lado da mesa. Neele anuiu, compreensivo.

—Taxina... frutinhos de teixo... isso tudo parece saído de um dramalhão. Puxa vida, inspetor. Vai ver que o senhor já está acostumado com essas coisas. Deve lhe parecer rotina. Mas envenenamento, na nossa família, é o tipo da história sem pé nem cabeça.

— Quer dizer, então, que não tem a mínima ideia de quem possa ter envenenado seu pai? — perguntou o inspetor.

— Santo Deus, não. Imagino que o velho há de ter feito uma porção de inimigos nos negócios, muita gente que gostaria de esfolá-lo vivo, levá-lo à miséria... toda essa espécie de coisa. Mas envenenamento? Seja como for, eu não poderia saber. Passei um bocado de tempo no estrangeiro e sei muito pouco do que anda acontecendo lá por casa.

— É justamente isso que eu gostaria de lhe perguntar, sr. Lancelot. Seu irmão me informou que houve um rompimento entre o senhor e seu pai, que data de vários anos atrás. Não daria para me descrever as circunstâncias que provocaram a sua volta ao lar dessa vez?

— Pois não, inspetor. Tive notícias de meu pai, deixe-me ver, já deve fazer... é, seis meses. Foi logo depois do meu casamento. Meu pai escreveu, dando a entender que gostaria de esquecer o que tinha acontecido entre nós. Sugeriu que eu voltasse para casa e entrasse de sócio na firma. Mostrou-se meio vago quanto às condições e eu de fato não estava lá muito seguro de que quisesse fazer o que ele me pedia. Seja como for, o resultado foi que vim à Inglaterra em agosto... é, em agosto último, há mais ou menos três meses. Fui falar com ele no Chalé do Teixo e devo confessar que me fez uma proposta muito vantajosa. Expliquei que teria de pensar no caso e consultar a opinião de minha mulher. Ele compreendeu perfeitamente. Voltei de avião à África Oriental e discuti o assunto com Pat. O resultado foi que resolvi aceitar a proposta do velho. Mas primeiro tinha que liquidar meus negócios por lá, o que fiz antes do fim do mês passado. E disse que avisaria por telegrama a data de minha chegada à Inglaterra.

O inspetor tossiu.

— Parece que sua volta causou certa surpresa ao seu irmão.

Lance de repente sorriu. O rosto bastante atraente se iluminou de pura malícia.

— Acho que o nosso Percy não sabia de nada da história — disse. — Na ocasião ele estava em férias na Noruega. Para mim, o velho escolheu de propósito essa oportunidade. Tratou de tudo pelas costas do Percy. Chego até a desconfiar de que a proposta que me fez fosse motivada pelo fato de ter tido uma briga tremenda com o pobre Percival... ou com Val, como prefere ser chamado.

Creio que o Val andou mais ou menos querendo tomar conta da situação... coisa que o velho jamais toleraria. Não sei exatamente como foi a briga, só sei que ele ficou furioso. E decerto pensou que seria uma boa ideia me chamar de volta, frustrando assim os planos do coitado do Val. Por um lado, ele jamais gostou muito da mulher do Percy e se mostrou bastante satisfeito, de uma maneira meio esnobe, com o meu casamento. Para ele, não haveria maior piada do que me trazer para casa e de repente apresentar ao Percy o fato consumado.

— Quanto tempo se demorou no Chalé do Teixo nessa ocasião?

—Ah, umas duas horas, no máximo. Ele não me convidou para pernoitar lá. Tenho certeza de que tudo era uma espécie de ofensiva secreta desfechada pelas costas do Percy. Inclusive acho que nem queria que os empregados dessem com a língua nos dentes. Como já disse, ficou combinado que eu pensaria no assunto, discutiria com a Pat e depois lhe mandaria minha decisão por escrito, que foi o que fiz. Escrevi a ele, anunciando a data aproximada da minha chegada e ontem, finalmente, lhe enviei um telegrama de Paris.

Neele concordou com a cabeça.

— Um telegrama que muito surpreendeu seu irmão.

— Só imagino. Mas, como sempre, quem sai ganhando é o Percy. Cheguei tarde demais.

— Pois é — disse Neele, pensativo —, chegou tarde demais mesmo. — Continuou, vivamente: — Por ocasião de sua visita em agosto passado, não falou com nenhum outro membro da família?

— Minha madrasta tomou chá junto conosco.

— Já a conhecia?

— Não. — De repente sorriu. — Não resta dúvida de que o velho tinha bom gosto. Ela deve ser, no mínimo, trinta anos mais moça que ele.

— Desculpe a pergunta, mas o senhor, ou seu irmão, não se indignaram com o fato de seu pai ter casado de novo?

Lance fez cara de surpresa.

— Eu certamente não, e acho que o Percy tampouco. Afinal de contas, nossa mãe morreu quando tínhamos uns... ah, dez, 12 anos, por aí. Me admiro que o velho não houvesse casado de novo antes.

— Casar com uma mulher muito mais jovem pode ser considerado um risco bem grande — murmurou o inspetor.

— Foi o meu querido irmão quem lhe disse isso? Está com todo jeito de comentário dele. O Percy é um grande mestre na arte da insinuação. Quer dizer que a coisa está nesse pé, inspetor? Desconfiam de que minha madrasta tenha envenenado meu pai?

Neele adotou uma expressão indecifrável.

— É muito cedo para formarmos opinião sobre o que quer que seja, sr. Lancelot — respondeu, afável. — E agora, posso lhe perguntar quais são seus planos?

— Planos? — ponderou Lance. — Acho que terei de fazer outros. Onde está a família? Toda reunida no Chalé do Teixo?

— Sim.

— Então é melhor que eu vá logo para lá. — Virou-se para a esposa. — Seria bom você ir para um hotel, Pat.

— Não, não, Lance — protestou ela imediatamente. — Eu vou com você.

— Não, meu bem.

— Mas eu faço questão.

— Francamente, prefiro que não vá. Por que não se hospeda no... ah, já faz tanto tempo que não venho a Londres... no Barnes? É o tipo do hotel simpático, sossegado. Suponho que ainda exista, não?

— Ah, existe, sim, sr. Lancelot.

— Muito bem. Então se houver vaga eu deixo você lá, Pat, e depois sigo para o Chalé do Teixo.

— Mas por que não posso ir junto, Lance?

O rosto de Lance de repente se transformou numa espécie de carranca.

— Sinceramente, Pat, não sei se você seria bem-recebida. Foi meu pai quem me convidou para ir lá, mas ele morreu. Não sei quem é o dono da casa agora. Vai ver que é o Percy, ou talvez a Adele. Seja como for, eu gostaria de verificar como serei acolhido antes de levar você para lá. Além disso...

— Além disso o quê?

— Não quero que você fique numa casa onde há um envenenador às soltas.

— Ah, que bobagem.

— Quando se trata de você — retrucou Lance com firmeza —, eu não me arrisco.

11

I

Vivian Dubois ficou aborrecido. Rasgou a carta de Adele Fortescue em mil pedaços e jogou-a na cesta de papel. Depois, com súbita cautela, juntou um por um, riscou um fósforo e contemplou-os enquanto se reduziam a cinzas.

— Diabo, por que é que as mulheres têm que ser tão loucas? — resmungou baixinho. — Puxa, se tivessem um pouco de juízo... — Acontece, porém, refletiu carrancudo, que nunca tinham. E embora houvesse lucrado muitas vezes com essa deficiência, aquilo agora o aborrecia. Tomara todas as precauções. Se Adele lhe telefonasse, deviam dizer que ele não estava. E ela já telefonara três vezes, e agora lhe mandava uma carta. A rigor, escrever era pior ainda. Pensou um pouco, depois se dirigiu ao telefone.

— Por favor, poderia falar com a sra. Fortescue? Sim, o sr. Dubois.

Uma pausa de espera e escutou a voz dela.

— Vivian, finalmente!

— Sim, sim, Adele, mas seja prudente. De onde você está falando?

— Da biblioteca.

— Tem certeza de que não há ninguém escutando no corredor?

— Por que haveriam de estar?

— Ué, nunca se sabe. A polícia ainda anda aí pela casa?

— Não, já foram embora, graças a Deus. Ah, Vivian querido, foi *atroz*.

— Sim, sim, tenho certeza disso. Mas olhe aqui, Adele, nós temos que tomar cuidado.

— Ah, claro, meu bem.

— Não me chame de meu bem pelo telefone. Não convém.

— Você não está se deixando levar um pouco pelo pânico, Vivian? Afinal de contas, hoje em dia todo mundo se trata de meu bem.

— Sim, sim, tem razão. Mas ouça. *Não me telefone nem escreva para mim.*

— Mas, Vivian...

— É só por enquanto, sabe? *Temos que ser prudentes.*

— Ah. Está bem. — A voz parecia ofendida.

— Escute, Adele. As cartas que lhe escrevi. Você queimou tudo, não foi?

Houve uma hesitação momentânea antes que Adele Fortescue respondesse:

— Lógico. Eu lhe disse que ia queimar, não disse?

— Então está tudo bem. Bom, agora vou desligar. Não me telefone nem escreva. Quando for a hora, você terá notícias minhas.

Repôs o fone no gancho. Passou a mão pelo rosto, pensativo. Não tinha gostado daquele momento de hesitação. Teria ela queimado as cartas? As mulheres são todas iguais. Prometem queimar e depois não queimam.

"Cartas", pensou Vivian. "As mulheres sempre querem cartas da gente." Ele procurava ser prudente, mas às vezes não havia jeito. O que teria dito exatamente nas poucas cartas que escrevera a Adele Fortescue? "Os fuxicos de sempre", pensou, carrancudo. Mas não haveria palavras — frases especiais que a polícia pudesse destorcer até que adquirissem o significado que procuravam encontrar? Tinha escrito cartas perfeitamente inocentes, a seu ver, mas não conseguia ter certeza. Sua inquietação aumentou. E se ela ainda não as houvesse queimado, teria agora a sensatez de queimá-las? Ou será que a polícia já tinha se apoderado delas? Perguntou-se onde ela as guardaria. No mínimo na sala que usava no segundo andar. Naquela pequena escrivaninha de gosto duvidoso, provavelmente. Imitação barata do estilo Luís XIV. Ela já lhe falara qualquer coisa sobre uma gaveta secreta que existia ali. Gaveta secreta! Isso não iludiria a polícia por muito tempo. Mas, de momento, segundo Adele, a polícia não estava lá. Tinham passado a manhã inteira na casa, e ido embora.

Até então provavelmente se preocupavam em encontrar possíveis fontes de veneno na comida. Esperava que não tivessem andado de quarto em quarto, dando busca na casa. Talvez precisassem de licença ou de um mandado judicial para fazer isso. Portanto, se agisse logo, sem perda de tempo...

Visualizou claramente a casa na imaginação. Já estava anoitecendo. Era a hora em que serviam o chá, na biblioteca ou na sala de visitas. Todos se achavam reunidos no andar térreo e os empregados tomando chá nas dependências da criadagem. Não haveria ninguém lá em cima, no segundo andar. Seria fácil entrar pelo jardim, ao longo das sebes de teixo que ofereciam uma proteção tão perfeita. Depois tinha a pequena porta lateral do terraço, que nunca ficava trancada antes da hora de todos se recolherem. Podia esgueirar-se por ali e, no momento propício, subir a escada sem ser visto.

Vivian Dubois refletiu cuidadosamente sobre o que precisava fazer. Se a morte de Fortescue fosse atribuída a um ataque ou enfarte, como sem dúvida deveria ter sido, a situação seria bem diferente. Sendo como era, ele murmurou baixinho:

— Mais vale prevenir que remediar.

II

Mary Dove desceu lentamente a grande escadaria. Parou um instante no mesmo janelão de onde tinha visto o inspetor Neele chegar no dia anterior. Agora, ao olhar para fora, à luz do entardecer, divisou o vulto de um homem desaparecendo entre as sebes de teixo. Perguntou-se se não seria Lancelot Fortescue, o filho pródigo. Talvez tivesse despachado o carro no portão e viesse caminhando pelo jardim, recordando os bons tempos, antes de enfrentar uma família possivelmente hostil. Mary sentia certa simpatia por Lance. Com leve sorriso nos lábios, desceu o resto dos degraus. No saguão encontrou Gladys, que teve um sobressalto ao vê-la.

— O telefone não tocou há pouco? — perguntou Mary. — Quem era?

— Ah, foi engano. Pensaram que fosse a lavanderia. — Gladys parecia sem fôlego e meio apressada. — E antes disso foi o sr. Dubois. Queria falar com a patroa.

— Ah, sim.

Mary atravessou o saguão, virou a cabeça e disse:

— Acho que está na hora do chá. Você ainda não levou a bandeja lá para dentro?

— Me parece que ainda não são quatro e meia, ou já são?

— Faltam vinte para as cinco. Traga agora, sim?

Mary entrou na biblioteca, onde Adele Fortescue, sentada no sofá, contemplava o fogo da lareira retorcendo um lencinho de rendas entre os dedos.

— Onde está o chá? — perguntou, mal-humorada.

— Já vem — respondeu Mary Dove.

Uma acha de lenha caiu fora da lareira. Mary se ajoelhou diante da grade para repô-la no lugar com as tenazes, colocando outro pedaço e um pouco de carvão.

Gladys chegou à cozinha, onde a sra. Crump levantou a cara vermelha e furiosa de cima da mesa em que misturava massa numa tigela grande.

— A campainha da biblioteca não para de tocar. Você já devia ter levado o chá, minha filha.

— Está bem, está bem, sra. Crump.

— O Crump vai ver o que eu vou dizer pra ele hoje de noite — resmungou a sra. Crump — Hei de lhe passar um carão em regra.

Gladys foi até a copa. Não tinha feito os sanduíches. Pois muito bem, não ia fazer mesmo. Com tudo o que havia para comer, podiam passar sem eles, não é? Dois bolos, biscoitos, bolinhos e mel. Manteiga fresca de granja, comprada no mercado negro. Havia coisa de sobra, não precisava ainda fazer sanduíches de tomate ou de *foie gras*. Tinha outras coisas para pensar. Bela disposição a da sra. Crump, só porque o marido havia passado a tarde fora. "Ué, era o dia de folga dele, não é? Fez muito bem", pensou Gladys.

— A chaleira está fervendo feito doida — gritou a sra. Crump lá da cozinha. — Quando é que você vai aprontar esse chá?

— Agora mesmo.

Despejou um pouco de chá, sem calcular a quantidade, na grande panela de prata, levou para a cozinha e encheu-a de água fervendo. Depois pôs o bule e a chaleira na vasta bandeja de prata e transportou tudo para a biblioteca, deixando sobre a mesinha perto do sofá. Foi buscar às pressas a outra bandeja com os comestíveis. Chegou com ela até o saguão, quando o súbito barulho estridente do relógio de pé preparando-se para bater a hora a fez saltar.

Na biblioteca, Adele reclamou com Mary:

— Onde se meteu todo mundo hoje?

— Realmente não sei, sra. Fortescue. A srta. Elaine chegou há pouco. Creio que a sra. Percival está escrevendo cartas no quarto dela.

— Escrevendo cartas, escrevendo cartas — retrucou Adele, impaciente. — Aquela mulher nunca para de escrever cartas. É igual a todas as pessoas da classe dela. Positivamente se delicia com a morte e com a desgraça alheia. Morbidez, isso é o que é. Morbidez absoluta.

— Vou avisá-la de que o chá já está pronto — murmurou Mary, com tato.

Dirigindo-se à porta, recuou um pouco para permitir a passagem de Elaine.

— Que frio — disse Elaine, agachando-se junto à lareira, para esfregar as mãos diante das chamas.

Mary ficou parada um instante no saguão. Uma grande bandeja de bolos se achava pousada sobre uma das cômodas. Como já estivesse escurecendo, Mary acendeu a luz. Ao fazer isso, julgou ter ouvido Jennifer Fortescue caminhar pelo corredor do segundo andar. Mas ninguém desceu a escada. Mary então subiu e atravessou o corredor.

Percival Fortescue e a esposa ocupavam um apartamento independente numa das alas da casa. Mary bateu na porta da sala de visitas. A sra. Percival gostava que se batesse nas portas, fato que sempre provocava o desprezo de Crump por ela.

— Entre — disse ela, numa voz viva.

Mary abriu a porta e murmurou:

— O chá já está servido, sra. Percival.

Ficou meio surpresa ao vê-la ainda em traje de passeio. Acabava de tirar um casacão cor de camelo.

— Não sabia que tinha saído — comentou Mary.

Jennifer Fortescue parecia um pouco sem fôlego.

— Ah, dei apenas uma volta pelo jardim, mais nada. Para apanhar um pouco de ar. Mas, francamente, estava muito frio. Vai ser bom sentar perto da lareira. O aquecimento central dessa casa já não é mais o que foi. Alguém precisa falar sobre isso com os jardineiros, srta. Dove.

— Deixe por minha conta — prometeu Mary.

Jennifer largou o casaco em cima de uma cadeira e saiu da sala atrás de Mary, mas desceu a escada na frente desta, que recuou um pouco para lhe ceder a dianteira. No saguão, para surpresa de Mary, a bandeja de comestíveis continuava no mesmo lugar. Já ia dirigir-se à copa, para chamar Gladys, quando Adele apareceu na porta da biblioteca, perguntando irritada:

— Será possível que ninguém vai trazer nada para se comer com o chá?

Mary pegou logo a bandeja e levou-a para a biblioteca, espalhando os vários pratos pelas mesas baixas perto da lareira. Estava carregando a bandeja já vazia de volta ao saguão, quando a campainha da porta da frente tocou. Largando a bandeja, foi atender pessoalmente. Se fosse afinal o filho pródigo, tinha bastante curiosidade de vê-lo. "Que diferença do resto da família", pensava, ao abrir a porta e deparar com o magro rosto moreno e a expressão levemente irônica da boca.

— Sr. Lancelot Fortescue? — perguntou.

— Ele mesmo.

Mary espiou por cima do ombro dele.

— E sua bagagem?

— Já mandei o táxi embora. Só trouxe isto aqui.

Mostrou uma sacola de fecho ecler de tamanho médio.

— Ah, veio de táxi — retrucou Mary, bastante surpresa. — Julguei que tivesse vindo a pé. E sua senhora?

Adotando uma expressão meio carrancuda, Lance respondeu:

— Minha mulher não vem. Pelo menos, por enquanto.

— Ah. Mas tenha a bondade de entrar, sr. Lancelot. Estão todos na biblioteca, tomando chá.

Acompanhou-o até a porta da biblioteca e retirou-se. Tinha achado Lance Fortescue uma pessoa muito atraente. Uma segunda ideia sucedeu à primeira. Quantas mulheres provavelmente já não tinham achado a mesma coisa...

— Lance!

Elaine correu na direção dele. Passou-lhe os braços pelo pescoço e estreitou-o com um abandono ginasiano que muito surpreendeu o irmão.

— Olá. Cá estou eu.

Desvencilhou-se com delicadeza.

— Esta é Jennifer?

Jennifer Fortescue o olhou com intensa curiosidade.

— É uma pena que Val tivesse que ficar na cidade — disse. — Há tantas coisas a tratar, sabe? Todas as providências a tomar, etc. e tal. Tudo, naturalmente, cai nas costas dele. Ele tem que cuidar de *tudo*. Você nem imagina como anda isso aqui.

— Deve ser horrível para você — concordou Lance gravemente.

Virou-se para a mulher sentada no sofá, com um pão com mel na mão, que o contemplava tranquilamente.

— Mas claro! — exclamou Jennifer. — Você não conhece Adele, não é?

— Conheço, sim — murmurou Lance, pegando a mão de Adele Fortescue.

Ao fitá-la, as pálpebras dela tremeram. Largou o pãozinho que estava comendo com a mão esquerda e, num gesto bem feminino, ajeitou o penteado — o que indicava a presença de um homem atraente na sala.

— Sente-se aqui no sofá a meu lado, Lance — convidou com aquela suave voz de contralto. Serviu-lhe uma xícara de chá: — Que bom que você veio — continuou. — Estamos precisando muito de um homem em casa.

— Vocês têm que me deixar fazer tudo o que eu puder para ajudar.

— Sabe... não, talvez você não saiba... a polícia já esteve aqui. Eles acham... eles acham... — interrompeu a frase para exclamar desesperada: — Ah, é horrível! Horrível!

— Eu sei. — Lance estava bem sério e cheio de compreensão. — Para dizer a verdade, eles me esperaram no aeroporto de Londres.

— A polícia esperou você?

— Esperou.

— Que foi que disseram?

— Bem — contemporizou Lance. — Eles me contaram o que tinha acontecido.

— Ele foi envenenado — disse Adele —, é isso que eles acham, que eles dizem. Nada de intoxicação alimentar. Envenenamento mesmo, por alguém. Acredito até que pensam que tenha sido um de *nós*.

Lance de repente sorriu de leve para ela.

— Bobagem deles — retrucou, para consolar. — Não adianta ficar se preocupando. Que chá ótimo! Fazia tempo que não tomava um autêntico chá inglês.

Não demorou muito para contagiá-las com seu otimismo.

— Mas a sua mulher... — exclamou Adele de repente —, você não é casado, Lance?

— Sou, sim. Minha esposa ficou em Londres.

— Mas não vai... não seria melhor trazê-la para cá?

— Há tempo de sobra para fazer planos — disse Lance. — A Pat... ah, a Pat está muito bem onde está.

— Não vai dizer que você acha... — retrucou Elaine logo.

— Esse bolo de chocolate está com uma cara maravilhosa — atalhou Lance às pressas. — Preciso comer um pedaço. — E cortando uma fatia, perguntou: — Tia Effie ainda é viva?

— É, sim, Lance. Ela nunca desce para fazer as refeições conosco ou coisa que o valha, mas está muito bem. Só que cada dia mais esquisita.

— Esquisita ela sempre foi — disse Lance. — Depois do chá eu vou lá em cima dar uma palavrinha com ela.

— Naquela idade — murmurou Jennifer —, seria melhor que ela fosse para uma espécie de asilo. Quero dizer, um lugar onde cuidassem bem dela.

— Pobre do asilo que acolhesse a tia Effie — disse Lance. E acrescentou: — Quem é aquela belezinha recatada que me abriu a porta?

Adele fez cara de surpresa.

— Não foi o Crump que atendeu? O mordomo? Ah, lógico, tinha esquecido. Hoje é o dia de folga dele. Mas a Gladys certamente...

Lance deu a descrição.

— Olhos azuis, cabelo repartido no meio, voz suave, a coisinha mais inofensiva que já se viu. Mas vá a gente se fiar nessas águas paradas...

— Ah — exclamou Jennifer —, deve ter sido a Mary.

— Ela praticamente dirige a casa para nós — disse Elaine.

— Ah é?

— De fato, é muito prestativa — concordou Adele.

— Sim — comentou Lance, pensativo —, foi bem a impressão que me deu.

— E o melhor — acrescentou Jennifer — é que sabe se manter no seu lugar. Nunca se intromete, não sei se me entende.

— Sabida, essa Mary Dove — comentou Lance, servindo-se de outra fatia de bolo de chocolate.

12

I

— Vaso ruim não quebra, certo? — disse a sra. Ramsbottom.

Lance sorriu.

— É bem como a senhora diz, tia Effie.

— Hum! — A sra. Ramsbottom franziu o nariz, desaprovando. — Vocês escolheu uma boa hora para aparecer por aqui. Seu pai é assassinado ontem, a casa está cheia de policiais esmiuçando tudo, remexendo até nas latas de lixo. Vi tudo pela janela. — Fez uma pausa, fungou de novo e perguntou: — Sua mulher não veio junto?

— Não. Deixei Pat em Londres.

— Pelo menos teve um pouco de juízo. Eu, se fosse você, não a traria para *cá*. Nunca se sabe o que pode acontecer.

— A ela? A Pat?

— A qualquer um — respondeu a sra. Ramsbottom.

Lance a olhou, pensativo.

— Tem alguma ideia a respeito do que houve, tia Effie? — perguntou.

A sra. Ramsbottom não respondeu diretamente.

— Ontem me apareceu por aqui um inspetor bisbilhoteiro que só vendo. Comigo é que não tirou nenhuma vantagem. Mas não era tão bobo quanto parecia, nem por sombra. — Acrescentou, bastante indignada: — O que seu avô não faria, se soubesse que a polícia esteve aqui em casa... ia se revirar no túmulo. A vida inteira foi um puritano rigorosíssimo. O barulho que fez quando descobriu que eu andava assistindo aos serviços anglicanos durante a noite! E tenho certeza de que *isso* era uma ninharia comparado com um assassinato.

Lance, normalmente, teria sorrido ao ouvir esse comentário, mas seu rosto comprido e moreno permaneceu sério.

— A senhora sabe, não estou entendendo direito a situação depois de passar tanto tempo longe de casa. Que tem acontecido aqui ultimamente?

A sra. Ramsbottom levou os olhos ao céu.

— Coisas que até Deus duvida — declarou com firmeza.

— Sim, sim, tia Effie, já sabia que a senhora ia dizer isso. Mas por que é que a polícia acha que papai foi morto aqui, nessa casa?

— Adultério é uma coisa, assassinato é outra — retrucou a sra. Ramsbottom. — Eu não gostaria de pensar que foi ela, não gostaria nem um pouco.

Lance fez uma expressão de espanto.

— A Adele? — perguntou.

— Meus lábios estão selados — disse a sra. Ramsbottom.

— Ah, deixe disso, minha querida — protestou Lance. — É uma bela frase, mas não significa nada. Adele tem algum namorado? E os dois deram veneno a ele no chá da manhã. Foi isso que aconteceu?

— Faça-me o favor de não brincar com coisas sérias.

— Não estou brincando, sabe?

— Vou-lhe dizer o seguinte — declarou a sra. Ramsbottom de repente. — Eu creio que aquela moça sabe de alguma coisa.

— Que moça? — Lance fez cara de surpresa.

— Aquela que funga — respondeu a sra. Ramsbottom. — A que devia ter me trazido o chá hoje de tarde e não trouxe. Dizem que saiu de casa sem licença. Não me admiraria nada se tivesse ido à polícia. Quem abriu a porta para você?

— Uma tal de Mary Dove, me parece. Toda dócil e respeitosa... mas não sei, não. É ela que foi à polícia?

— Não, *essa* não iria. Não, me refiro àquela bobinha da copeira. Passou o dia todo se encolhendo e saltando feito coelho. "O que você tem?", perguntei. "Anda com culpa no cartório?" E ela: "*Eu* não fiz nada... nunca faria uma coisa dessas." "Acho bom", disse eu, "mas tem qualquer coisa *te* preocupando, não tem?" Aí ela começou a fungar e disse que não queria meter ninguém em encrencas, que tinha certeza de que tudo devia ser engano. Aí então eu falei para ela, bem assim: "Olhe aqui, minha filha, você não deve ter medo de dizer a verdade." Foi isso mesmo que eu falei. "Vá procurar a polícia", eu disse, "e conte pra eles tudo o que você sabe, porque esse negócio de abafar as coisas, por mais desagradáveis que sejam, nunca dá certo." Aí ela começou com uma porção de bobagens, que não podia procurar a polícia, que nunca acreditariam nela e, depois, que iria falar? Terminou dizendo que, afinal de contas, não sabia de nada mesmo.

— Não acha — hesitou Lance — que ela estava apenas querendo se fazer de importante?

— Não acho, não. Ela me pareceu apavorada. Tenho a impressão de que deve ter visto qualquer coisa que lhe deu alguma ideia sobre o que aconteceu. Talvez seja importante e talvez não tenha a menor relação com o caso.

— A senhora não acha que ela podia ter guardado algum ressentimento de papai e... — Lance hesitou.

A sra. Ramsbottom estava sacudindo violentamente a cabeça.

— Ela não é o tipo da moça que seria capaz de interessar ao seu pai. Nenhum homem, aliás, se interessaria por ela, coitada. Ah, paciência, quem sabe assim não é melhor para a alma dela, não é?

Lance não tinha nenhum interesse pela alma de Gladys.

— Acha que ela deu uma fugidinha para ir à polícia? — perguntou.

A sra. Ramsbottom concordou vigorosamente.

— Acho. A meu ver ela não queria contar nada para o pessoal aqui de casa, por medo de que alguém talvez escutasse.

— Julga que ela poderia ter visto alguém remexendo na comida? — perguntou Lance.

Tia Effie lançou-lhe um olhar penetrante.

— É possível, não é? — respondeu.

— Sim, creio que é. — Depois acrescentou, para se justificar: — Mesmo assim, tudo me parece muito improvável. Que nem nos romances policiais.

— A mulher do Percival é enfermeira diplomada — disse a sra. Ramsbottom.

A observação parecia tão incongruente com o que tinha sido dito antes que Lance olhou para a tia, assombrado.

— As enfermeiras diplomadas costumam lidar com drogas — continuou a sra. Ramsbottom.

Lance fez cara de dúvida.

— Essa tal de... taxina... não é usada em medicina?

— Ao que me consta, é extraída de uns frutinhos. As crianças às vezes comem os frutinhos — disse a sra. Ramsbottom. — Sempre faz mal. Me lembro de um caso quando era pequena. Me causou grande impressão. Nunca pude esquecer. As coisas que a gente lembra às vezes têm sua serventia.

Lance levantou vivamente a cabeça e encarou-a.

— Afeição é uma coisa — disse a sra. Ramsbottom —, e eu espero ser tão afetuosa quanto qualquer outra pessoa. Mas não suporto maldade. A maldade tem que ser destruída.

II

— Saiu sem me dizer nada — queixou-se a sra. Crump, erguendo a cara vermelha e irada da massa que agora estava enrolando na mesa. — Deu o fora sem uma palavra a ninguém. Dissimulada, isso é o que ela é. Dissimulada! Teve medo que não deixassem, e eu seria *a primeira* a impedir, se pegasse ela em flagrante! Que ideia! O patrão morreu, o sr. Lance volta pra casa depois de anos de ausência e eu disse ao Crump, bem assim: "Dia de folga ou não, eu cumpro com o meu dever. Só porque hoje é quinta-feira, não vai ser por isso que a gente há de servir uma ceia fria. Não, o jantar tem que ser caprichado, como convém a um homem que chega do estrangeiro com a mulher, que já foi casada com um nobre." A senhora me conhece, não é? Sabe como me orgulho do meu trabalho.

Mary, a quem eram feitas essas confidências, sacudiu delicadamente a cabeça.

— E que diz o Crump? — A voz da sra. Crump aumentou de volume, colérica. — "É meu dia de folga e vou sair", bem assim. "E a nobreza que se lixe", disse ele. O Crump não sente o menor orgulho pelo cargo que exerce. E assim lá se vai ele, e eu digo para Gladys que hoje de noite ela terá que se virar sozinha. "Tá bem, sra. Crump", é tudo o que ela diz, e aí, mal viro as costas, *ela some*. Seja como for, não era o dia de folga *dela*. *Sexta-feira* é que é. Agora não sei como vamos nos arranjar! Ainda bem que o sr. Lance não veio hoje com a mulher.

— Nós daremos um jeito, sra. Crump. — A voz de Mary era ao mesmo tempo apaziguadora e autoritária. — Basta simplificar um pouco o cardápio.

Fez algumas sugestões. A sra. Crump concordou, a contragosto.

— Eu posso servir isso com a maior facilidade — concluiu Mary.

— Quer dizer que a senhora mesmo vai servir à mesa?

A sra. Crump parecia em dúvida.

— Se Gladys não voltar a tempo.

— *Ela* não volta, não — afirmou a sra. Crump. — Anda vagabundando por aí, gastando dinheiro pelas lojas. Ela tem um namorado, sabe? Olhando para ela ninguém diz... O nome dele é Albert. Pretendem se casar na primavera que vem, pelo menos foi o que ela me disse. Essas moças de hoje nem sabem o que é a vida de casada. O que eu já passei com o Crump... — Suspirou, depois continuou numa voz normal. — E o chá, senhorita? Quem é que vai recolher tudo e depois lavar a louça?

— Deixe por minha conta — respondeu Mary. — Vou providenciar agora mesmo.

As lâmpadas da sala não estavam acesas, muito embora Adele continuasse sentada no sofá atrás da bandeja de chá.

— Quer que acenda a luz, sra. Fortescue? — indagou Mary.

Adele não respondeu.

Mary acendeu a lâmpada e, dirigindo-se à janela, fechou as cortinas. Foi só então que virou a cabeça e viu o rosto da mulher caído sobre as almofadas. Deixara pela metade um bolinho coberto de mel e a xícara de chá. A morte tinha pego Adele Fortescue desprevenida.

III

— E então? — perguntou o inspetor Neele, impaciente.

— Cianureto — respondeu prontamente o médico —, cianureto de potássio, provavelmente... no chá.

— Cianureto — murmurou Neele.

O médico olhou-o com certa curiosidade.

— Parece que isso lhe causou um golpe... há alguma razão especial...?

— Pensávamos que ela fosse a criminosa — disse Neele.

— E no fim é a vítima. Terão que reformular tudo de novo, não é?

Neele concordou com a cabeça. Tinha uma expressão contrariada no rosto e o queixo severamente contraído.

Envenenada! E bem nas suas barbas. Taxina no café da manhã de Rex Fortescue, cianureto no chá de Adele Fortescue. Ainda um caso íntimo de família. Pelo menos parecia.

Adele, Jennifer, Elaine e o recém-chegado Lance tinham tomado chá juntos na biblioteca. Lance subira para falar com a sra. Ramsbottom, Jennifer para escrever cartas em sua sala particular e Elaine fora a última a sair da biblioteca. Segundo ela, Adele se mostrara em perfeita saúde e acabava de se servir de uma última xícara de chá.

Uma última xícara de chá! É, não há dúvida, tinha sido a *última* mesmo.

Depois disso, uns vinte minutos em branco talvez, até Mary entrar na sala e descobrir o cadáver.

E durante esses vinte minutos...

O inspetor praguejou baixinho e foi para a cozinha.

Sentada numa cadeira junto à mesa, a opulenta figura da sra. Crump, esvaziada de toda a beligerância como um balão, mal se mexeu quando ele entrou.

— Onde está a tal moça? Ainda não voltou?

— A Gladys? Não... ainda não... Desconfio de que só vai chegar lá pelas onze.

— A senhora disse que ela fez o chá e levou-o para a biblioteca.

— Eu não toquei em nada, seu moço, juro por Deus. E tem mais, não acredito que a Gladys tenha feito algo que não devia. Ela jamais faria uma coisa dessas... É uma boa moça, meio bobinha talvez, só isso... mas não tem nada de malvada.

Não, Neele não achava que Gladys fosse malvada. Nem tampouco capaz de envenenar alguém. E, afinal de contas, não havia cianureto no bule do chá.

— Mas por que teria saído assim... de repente? A senhora disse que não era o dia de folga dela.

— Não, senhor, o dia de folga dela é amanhã.

— Será que o Crump...

A beligerância da sra. Crump se reavivou subitamente. Levantou a voz, furiosa.

— Não comece a pensar mal do Crump. Ele não tem nada a ver com isso. Saiu às três horas... e agora dou graças a Deus que tenha saído. Ele tem tanto a ver com a história quanto o próprio sr. Percival.

Percival acabava de chegar de Londres — para ser acolhido com a espantosa notícia dessa segunda tragédia.

— Eu não estava acusando o Crump — explicou Neele, conciliador. — Apenas me perguntei se ele não saberia alguma coisa sobre os planos de Gladys.

— Ela tinha posto as suas melhores meias de *nylon* — disse a sra. Crump. — Devia andar tramando alguma. Não me diga que... Também não fez nenhum sanduíche para o chá. Ah, nem há dúvida, ela andava tramando alguma, sim. Vai escutar umas boas quando voltar.

Quando voltar...

Uma vaga inquietude se apoderou de Neele. Para dissipá-la, subiu a escada até o quarto de Adele Fortescue. Um apartamento suntuoso — todo com cortinas de brocado cor-de-rosa e uma vasta cama dourada. De um lado havia uma porta que comunicava com o banheiro revestido de espelhos e cuja banheira era de porcelana fúcsia. Do lado oposto, também ligado por uma porta, ficava o quarto de vestir de Rex Fortescue. Neele voltou ao dormitório de Adele e cruzou a porta que dava para a sala de estar.

Mobiliada no estilo império, essa tinha o soalho coberto por um tapete felpudo cor-de-rosa. Neele lançou apenas um olhar de relance em torno, pois já examinara tudo minuciosamente na véspera dedicando atenção especial à pequena e elegante escrivaninha.

De repente, porém, fixou-se num determinado ponto. No centro do tapete felpudo, havia um pedacinho de barro.

Neele aproximou-se e pegou-o. Ainda estava úmido.

Olhou em volta — não se viam pegadas visíveis — apenas esse fragmento isolado de terra molhada.

IV

O inspetor lançou um olhar pelo quarto de Gladys Martin. Já passava das onze. Crump tinha chegado meia hora antes, mas ainda não havia rastro de Gladys. O inspetor olhou em torno. Fosse qual fosse o treinamento recebido por Gladys, ela era desleixada por instinto. Segundo o inspetor pôde constatar, raramente fazia a cama ou abria as janelas. Não estava, porém, interessado nos hábitos pessoais de Gladys e sim no exame minucioso de seus pertences.

Consistiam, na maior parte, de enfeites baratos, patéticos mesmo. Havia pouca coisa que fosse durável ou de boa qualidade. A velha Ellen, chamada para ajudá-lo, não se mostrara de muita serventia. Não sabia que roupas Gladys tinha ou não tinha. Nem tampouco se faltava algo. Deixou de lado os vestidos e os trajes menores e concentrou-se no conteúdo da cômoda. Era ali que Gladys guardava seus tesouros: cartões-postais, recortes de jornais, moldes de tricô, conselhos de beleza, corte e costura, e moda em geral.

Neele separou tudo metodicamente, em diversas categorias. Os cartões-postais consistiam principalmente de vistas de vários lugares onde presumiu que Gladys houvesse passado suas férias. Entre eles existiam três assinados "Bert". Imaginou que fosse o "rapaz" mencionado pela sra. Crump. O primeiro dizia — numa letra que revelava pouca instrução: "Tudo de bom para você. Sinto muito sua falta. Seu para sempre, Bert." O segundo: "Há uma porção de garotas bonitas por aqui, mas nenhuma se compara com você. Até breve. Não se esqueça do encontro que combinamos. E lembre-se de que a partir daí vai ser uma beleza e viveremos felizes para sempre." O terceiro, apenas: "Não se esqueça. Conto com você. Beijos, B."

Depois, ele correu os olhos pelos recortes de jornais e separou--os em três montes. Havia conselhos sobre moda e beleza, artigos sobre estrelas de cinema por quem Gladys parecia ter verdadeiro fanatismo, sendo que tudo indicava que ultimamente também se sentia fascinada pelos prodígios da ciência: recortes sobre discos voadores, armas secretas, soros da verdade aplicados pelos russos e medicamentos fabulosos que os médicos americanos pretendiam ter descoberto. Em suma, pensou Neele, todos os sortilégios do nosso século XX. Mas nada do que aconteceu no quarto lhe forneceu uma pista que esclarecesse seu desaparecimento. Ela não escrevia diário, coisa que aliás já esperava. Era apenas uma possibilidade remota. Não havia nenhuma carta inacabada nem o menor registro de qualquer coisa que tivesse visto na casa e que pudesse ter relação com a morte de Rex Fortescue. Seja o que fosse que Gladys tinha visto ou sabia, não deixara por escrito. Só lhe restava conjeturar sobre o motivo que a levara a deixar a segunda bandeja do chá no saguão e desaparecer subitamente logo em seguida.

Neele suspirou e saiu do quarto, fechando a porta atrás de si.

Já se preparava para descer a pequena escada em caracol quando ouviu um tropel de passos no patamar inferior.

Enxergou o rosto agitado do sargento Hay ao pé dos degraus. Estava ofegante.

— Encontramos a moça, inspetor — disse, quase sem fôlego.

— Que moça?

— A tal copeira, inspetor... A Ellen se lembrou de que não tinha recolhido a roupa do varal lá fora... Aí ela foi buscar com a lanterna e quase tropeçou no corpo... no cadáver da moça... que tinha sido estrangulada com uma meia... acho que faz horas que está morta. E olhe, inspetor, é o tipo da piada de mau gosto: *apertaram o nariz da coitada com um prendedor de roupa...*

13

A SENHORA IDOSA QUE VIAJAVA NO TREM tinha comprado três jornais matutinos e cada um deles, à medida que era lido, dobrado e posto de lado, apresentava a mesma manchete. Já não se tratava mais de uma simples notinha perdida nas colunas internas. Todos os cabeçalhos traziam, em letras garrafais: *Tripla tragédia no Chalé do Teixo*.

Sentada muito reta, olhando pela janela do trem, os lábios franzidos, a velha tinha uma expressão de angústia e censura no rosto nacarado cheio de rugas. Miss Marple saíra de St. Mary Mead pelo primeiro trem da manhã, fazendo a baldeação e rumando para Londres, onde tomou o metrô para outro ponto terminal londrino, seguindo dali para Baydon Heath.

Ao chegar à estação, chamou um táxi e pediu que a levasse ao Chalé do Teixo. Ela sabia ser tão insinuante com seu ar de inocência esvoaçante e rosada que conseguiu penetrar com incrível facilidade naquela casa que agora se transformara praticamente numa fortaleza em estado de sítio. Embora a polícia mantivesse a distância um exército de jornalistas e fotógrafos, não hesitou em permitir a entrada do táxi que a conduzia, decerto julgando impossível que não fosse alguma parente idosa da família.

Miss Marple pagou a corrida com uma cuidadosa variedade de troco miúdo e tocou a campainha da porta da frente. Crump abriu-a e ela o classificou logo com olhar clínico: "Tem cara de velhaco", disse consigo mesma. "E também está morto de medo."

Crump se deparou com uma senhora alta, idosa, vestindo um traje de mescla já fora de moda, uma série de mantas e um chapeuzinho de feltro enfeitado com asa de passarinho. A velhota carregava uma bolsa volumosa e depositara a seus pés uma mala antiga, mas de boa qualidade. Crump tinha excelente faro para reconhecer uma senhora de trato.

— Às suas ordens — disse, na sua voz mais respeitosa.

— Por favor, posso falar com a dona da casa? — perguntou Miss Marple.

Crump recuou para permitir-lhe a passagem. Pegou a mala e largou-a cuidadosamente no saguão.

— Bem, minha senhora — disse, meio em dúvida —, não sei exatamente com quem tenho a...

Miss Marple o salvou do embaraço.

—Vim para falar sobre a pobre copeira que foi assassinada — explicou. — Sobre Gladys Martin.

—Ah, sim, senhora. Bem, nesse caso... — Não terminou a frase, vendo uma moça alta que acabava de sair da porta da biblioteca. — Esta é a sra. Patricia Fortescue, minha senhora.

Pat se aproximou e ela e Miss Marple se entreolharam. Miss Marple não conseguiu disfarçar a surpresa. Não esperava encontrar alguém como Patricia Fortescue numa casa como aquela, cujo interior era tal como havia imaginado — só que Pat, de certo modo, não combinava com o cenário.

— É sobre a Gladys, Madame — disse Crump, solícito.

— Queira ter a bondade de entrar — convidou Pat, meio hesitante. — Ficaremos mais à vontade.

Entrou na biblioteca, seguida por Miss Marple.

— Quem sabe a senhora não gostaria de falar com outra pessoa? — sugeriu Pat. — Tenho a impressão de que não lhe servirei de grande ajuda. É que meu marido e eu acabamos de chegar da África e não sabemos muita coisa a respeito dessa casa. Mas, querendo, posso chamar minha cunhada ou a mulher do meu cunhado.

Miss Marple olhou para a moça e simpatizou com ela. Gostou de sua maneira séria e destituída de afetação. Por algum motivo estranho, sentiu pena dela. Parecia-lhe vagamente que um cenário de chitão desbotado, repleto de cavalos e cães, seria muito mais adequado do que aquele interior suntuosamente mobiliado. Nas exposições de pôneis e gincanas que se realizavam esporadicamente nos arredores de St. Mary Mead, Miss Marple sempre encontrava inúmeras Pats e as conhecia bem. Sentiu-se à vontade com essa moça de ar meio infeliz.

— É muito simples, realmente — disse Miss Marple, tirando cuidadosamente as luvas e alisando-lhes os dedos. — Sabe, eu li no jornal a notícia do assassinato de Gladys Martin. Estou, naturalmente, a par de tudo a respeito dela. Ela é lá da minha terra. Para falar a verdade, fui eu quem lhe ensinou o serviço de casa. E já que lhe aconteceu essa coisa horrível, eu achei... bem, eu achei que devia vir para ver se não havia nada que eu pudesse fazer.

— Sim — disse Pat. — Claro. Compreendo.

E compreendia mesmo. A ação de Miss Marple parecia-lhe natural, inevitável.

— Acho que fez muito bem em vir — disse. — Parece que ninguém sabe grande coisa a respeito dela. Quero dizer, em matéria de parentes e tudo mais.

— Pois é — retrucou Miss Marple —, claro que não. Ela não tinha parentes. Saiu de um orfanato para ir lá para casa. O St. Faith's. Um lugar muito bem-administrado, mas em péssima situação financeira. Nós fazemos o possível por aquelas meninas, tentando dar-lhes um bom preparo e tudo mais. Peguei a Gladys quando tinha 16 anos e lhe ensinei a servir a mesa, cuidar das baixelas e coisas desse gênero. Ela, naturalmente, não ficou muito tempo comigo. Nunca ficam. Mal adquiriu um pouco de experiência, foi se empregar num restaurante. Em geral é o que gostam de fazer. Acham que têm mais liberdade, sabe, e uma vida mais alegre. Talvez tenham. Francamente, não sei.

— Não cheguei a conhecê-la — disse Pat. — Era bonita?

— Que esperança — respondeu Miss Marple —, de maneira alguma. Era fanhosa e tinha o rosto cheio de espinhas. E ainda por cima incrivelmente burra. Não creio — acrescentou ela, pensativa — que possuísse o dom de fazer amizades. Gostava muito de homens, coitada. Mas nunca reparavam nela e as outras bem que se aproveitavam disso.

— Me parece bastante cruel — disse Pat.

— Sim, minha cara — concordou Miss Marple —, mas a vida é assim mesmo. A gente nunca sabe o que fazer com as Gladys. São loucas para ir ao cinema e tudo mais, estão sempre imaginando coisas absurdas que jamais lhes poderão acontecer. Talvez seja uma espécie de felicidade. Mas se decepcionam. Acho que Gladys se decepcionou com a vida dos restaurantes. Não lhe aconteceu nada de sensacional ou interessante, apenas ficou com os pés doídos. No mínimo foi por isso que voltou ao serviço doméstico. Sabe há quanto tempo estava trabalhando aqui?

Pat sacudiu a cabeça.

— Não creio que faça muito tempo. Uns dois meses, no máximo. — Pat fez uma pausa e depois prosseguiu: — Parece tão horrível e fútil que fosse morta por uma coisa dessas. Vai ver que tinha visto ou notado algo.

— O que me preocupou mesmo foi o prendedor de roupa — disse Miss Marple com aquela sua voz suave.

— O prendedor de roupa?

— É. Li nos jornais. Imagino que seja verdade, não? Que quando a encontraram havia um prendedor de roupa apertando-lhe o nariz.

Pat confirmou com a cabeça. As faces coradas de Miss Marple ruborizaram.

— Não sei se me entende, minha cara, mas foi isso que mais me indignou. Um gesto tão cruel, de pouco caso. Me deu uma espécie de retrato do assassinato. Fazer uma coisa dessas! Sabe, não existe nada mais perverso do que ofender a dignidade humana. Especialmente depois de ter cometido o crime.

— Acho que sei o que a senhora quer dizer — disse Pat, lentamente. Levantou-se. — Tenho a impressão de que seria melhor se falasse com o inspetor Neele. Ele está tratando do assunto e se encontra aqui nesse instante. Creio que vai gostar dele. É uma pessoa muito humana. — De repente estremeceu de leve. — A história toda é um pesadelo tão medonho! Sem pés nem cabeça. Uma loucura. Não tem o mínimo sentido.

— Pois eu não diria o mesmo — retrucou Miss Marple. — Não diria, não.

O inspetor Neele estava com ar de cansaço e aspecto desfigurado. Três mortes e a imprensa de todo o país exigindo explicações. Um caso que parecia se encaminhar para um desfecho previsto de repente se transformava na maior confusão. Adele Fortescue, o suspeito mais provável, era agora a segunda vítima de um caso de homicídio incompreensível. No fim daquele dia fatídico, o comissário-adjunto tinha mandado chamar Neele e os dois passaram quase toda a noite em claro conversando.

Apesar de sua consternação, ou melhor, por trás dela, o inspetor sentira uma leve satisfação íntima. O quadro clássico da esposa e do amante. Aquilo era muito conhecido, fácil demais. Sempre desconfiara dessa interpretação. E agora suas desconfianças se justificavam.

— A história toda adquiriu um aspecto totalmente diverso — afirmara o comissário-adjunto, caminhando de um lado para outro em sua sala, de testa franzida. — Eu tenho a sensação, Neele, de que estamos lidando com algum desequilibrado mental. Primeiro o marido, depois a mulher. Mas as próprias circunstâncias do caso parecem indicar que foi gente de casa. Está tudo lá, na família. Alguém que se achava na mesa com Fortescue pôs taxina no café ou na comida dele, alguém que tomou chá com eles naquele dia pôs cianureto de potássio na xícara de Adele Fortescue. Alguém de confiança, despercebido, alguém da própria família. Mas qual deles, Neele?

— Percival não estava lá, de modo que, mais uma vez, tem que ser descartado — disse Neele, impassível. — Mais uma vez tem que ser descartado — repetiu.

O comissário-adjunto olhou vivamente para ele. Qualquer coisa naquela repetição chamou-lhe a atenção.

— Qual é a ideia, Neele? Desembuche, rapaz.

O inspetor continuou imperturbável.

— Nenhuma, comissário. Nem chega a ser ideia. O que posso dizer é que foi muito conveniente para ele.

— Até demais, não? — O comissário-adjunto refletiu e sacudiu a cabeça. — Crê que, mesmo assim, poderia ter dado um jeito? Não vejo como, Neele. Não vejo como. — E acrescentou: — Além do mais, é o tipo do sujeito cauteloso.

— Mas muito inteligente, comissário.

— Você parece não acreditar que tenham sido as mulheres. É isso? No entanto, são bem prováveis. Elaine Fortescue e a mulher de Percival estavam na mesa do café e do chá naquele dia. Poderia ser qualquer uma das duas. Não há indícios de nada de anormal em relação a elas? Bem, isso nem sempre aparece. Talvez tenha algo na ficha médica do passado de ambas.

O inspetor não retrucou. Estava pensando em Mary Dove. Não tinha nenhum motivo concreto para suspeitar dela, mas seu raciocínio se inclinava nesse sentido. Havia qualquer coisa de inexplicável, de insatisfatório em torno dela. Um antagonismo leve, divertido. Essa fora a sua atitude depois da morte de Rex Fortescue. Qual seria a atual? Conduta e maneiras continuavam, como sempre, exemplares. Mas, a seu ver, não se percebia mais o divertimento. Talvez nem mesmo o antagonismo, mas se perguntou se, uma vez ou duas, não se manifestara um resquício de medo. Quanto a Gladys Martin, a culpa era inegavelmente sua. Aquela confusão de consciência pesada, que atribuíra a um nervosismo natural por causa da polícia. Já estava habituado a deparar com aquilo. Mas nesse caso havia sido mais do que isso. Gladys tinha visto ou ouvido qualquer coisa que lhe despertara suspeitas. Imaginou que, provavelmente, fosse algo insignificante, tão vago e indefinido que ela nem se atrevera a tocar no assunto. E agora, pobre lebre assustada, jamais tocaria.

Neele olhou com certo interesse para o rosto brando e sério da velhota que agora se achava a sua frente no Chalé do Teixo. A princípio não sabia bem que atitude adotar, mas não tardou a tomar uma resolução. Miss Marple lhe seria útil. Era uma pessoa íntegra, de indiscutível retidão, e dispunha, como a maioria das velhas, de tempo de sobra e um faro de solteirona para descobrir informações vitais. Saberia arrancar dados dos criados e talvez das mulheres da família Fortescue que ele e seus auxiliares jamais arrancariam. Conversas, conjeturas, reminiscências, repetições de coisas ditas e feitas, das quais selecionaria os fatos essenciais. De modo que o inspetor Neele se mostrou muito simpático.

— Foi uma sorte extraordinária a senhora ter vindo, Miss Marple.

— Apenas cumpri meu dever, inspetor. A moça morou em minha casa. Me sinto, de certo modo, responsável por ela. Era uma verdadeira tolinha, sabe?

O inspetor a olhou com compreensão.

— De fato — concordou —, tem toda a razão.

Parecia-lhe que ela havia tocado no ponto nevrálgico da questão.

— Era incapaz de saber — continuou Miss Marple — o que devia fazer. Quero dizer, se acontecesse um imprevisto. Ah, meu Deus, acho que não estou me exprimindo bem.

Neele afirmou que tinha entendido.

— A senhora quer dizer que ela não possuía capacidade para julgar o que era importante ou não, certo?

— Isso mesmo, exatamente, inspetor.

— Quando diz que era tola... — Neele não concluiu a frase.

Miss Marple retomou o fio.

— Era muito crédula. O tipo da moça que entregaria todas as suas economias a um vigarista... se as tivesse. Claro que nunca teve porque sempre gastava todo o seu dinheiro nas roupas menos apropriadas.

— Não tinha namorados? — perguntou o inspetor.

— Gostava muito de um rapaz. Acho até que foi por causa disso que saiu de St. Mary Mead. Lá a concorrência é enorme. Os homens são raros. Mas ela estava toda esperançosa com o rapaz que entregava o peixe. O jovem Fred tinha um galanteio para cada moça, sem naturalmente levar nenhuma a sério. Isso perturbava muito a pobre Gladys. Mas tenho a impressão de que no fim ela arranjou um namorado, não?

O inspetor confirmou com a cabeça.

— É o que parece. Creio que o nome dele é Albert Evans. Consta que se conheceram numa colônia de férias. Ele não lhe deu aliança nem coisa que o valha, portanto pode ser que ela tenha fantasiado tudo. Era engenheiro de minas, segundo ela disse à cozinheira.

— Acho *extremamente* improvável — retrucou Miss Marple —, mas garanto que foi o que ele *disse* a ela. Como eu falei, ela seria capaz de acreditar em tudo. Julga que *ele* não tenha nada a ver com a história?

Neele sacudiu a cabeça.

— Julgo. Não creio que haja nenhuma complicação dessa espécie. Parece que nunca veio visitá-la. De tempos em tempos mandava-lhe um postal, em geral de um porto marítimo... provavelmente deve ser quarto engenheiro de um navio na rota do Báltico.

— Pois me alegro que ela tenha tido seu romancezinho — disse Miss Marple. — Já que teve a vida atalhada dessa maneira... — Franziu os lábios. — Sabe, inspetor, isso me deixa indignada. — E acrescentou, como já fizera com Pat Fortescue: — Principalmente o prendedor de roupa. Isso, inspetor, foi verdadeira maldade.

O inspetor olhou com interesse para ela.

— Acho que sei o que a senhora quer dizer, Miss Marple.

Miss Marple tossiu, sem jeito.

— Será que... imagino que seja grande presunção da minha parte... mas será que não poderia ajudá-lo à minha maneira humilde e, receio, muito *feminina*? Esse assassino é um malvado, inspetor, e os malvados não devem ficar impunes.

— Eis aí uma opinião que hoje em dia está fora de moda, Miss Marple — retrucou Neele, meio melancólico. — Não que eu não concorde com a senhora.

— Tem um hotel perto da estação, além do Golf Hotel — disse ela, à guisa de conjeturas —, e me parece que aqui nessa casa também mora uma tal de sra. Ramsbottom, que se interessa por missões no estrangeiro.

O inspetor olhou com admiração para Miss Marple.

— Sim — confirmou. — Talvez consiga apurar alguma coisa. Não posso dizer que tenha tido grande sucesso com a referida senhora.

— É muita gentileza sua, inspetor Neele — disse Miss Marple.

— Fico contentíssima por não me considerar apenas uma pessoa à cata de sensações.

Neele de repente sorriu, de um modo meio inesperado. Estava pensando consigo mesmo que Miss Marple era bem diferente da ideia que vulgarmente se faz de uma fúria vingadora. E, no entanto, parecia-lhe que era justamente isso que ela era.

— Os jornais em geral são tão sensacionalistas no que publicam — continuou ela. — E quase nunca procuram ser exatos como se gostaria que fossem. — Olhou com ar inquisitivo para o inspetor. — Se ao menos se pudesse ter certeza de que se restringem aos fatos, puros e simples.

— Não são tão simples assim — retrucou Neele. — Despidos de qualquer sensacionalismo, aconteceram da seguinte maneira. O sr. Fortescue morreu no escritório, em consequência de envenenamento por taxina, que se extrai dos frutinhos e das folhas do teixo.

— Que conveniente — observou Miss. Marple.

— Possivelmente — disse o inspetor —, mas não temos nenhuma prova nesse sentido. Por enquanto, quero dizer.

Frisou esse ponto porque achava que era naquele terreno que Miss Marple poderia ser útil. Se na casa tivessem feito qualquer infusão ou mistura de frutinhos de teixo, ela seria bem capaz de encontrar os vestígios. Era o tipo da velhota que gosta de fazer licores, fortificantes e chás de erva por conta própria. Conheceria os métodos de preparo e de eliminação.

— E a sra. Fortescue?

— A sra. Fortescue tomou chá com a família na biblioteca. A última pessoa a se levantar da mesa e sair da sala foi Elaine Fortescue, a enteada. Ela declara que ao se retirar, a sra. Fortescue estava se servindo de outra xícara de chá. Cerca de vinte minutos ou meia hora mais tarde, a srta. Dove, que funciona como governanta, entrou para buscar a bandeja. Encontrou a sra. Fortescue ainda sentada no sofá, mas... morta. A seu lado havia uma xícara com menos da metade de chá, em cujos sedimentos acharam cianureto de potássio.

— Que me parece que tem efeito quase imediato — disse Miss Marple.

— Exatamente.

— Uma coisa tão perigosa. A gente usa para acabar com os ninhos de marimbondo, mas eu sempre tomo o máximo cuidado.

— Tem toda a razão. Havia um pacote de veneno aqui no barracão do jardineiro.

— Que conveniente, mais uma vez — observou Miss Marple, e acrescentou: — A sra. Fortescue não tinha comido nada?

— Tinha, sim. O chá foi suculento.

— Bolo, imagino? Pão com manteiga? Bolinhos, talvez? Geleia? Mel?

— É, havia mel e bolinhos, bolo de chocolate, pãezinhos suíços e uma variedade de outras coisas. — Olhou-a com curiosidade. — O cianureto de potássio estava no chá, Miss Marple.

— Sim, sim, claro. Entendi perfeitamente. Só estava tentando visualizar o quadro, por assim dizer. Muito significativo, não acha?

Ele olhou para ela, meio intrigado. As faces de Miss Marple estavam rosadas, os olhos brilhavam.

— E a terceira morte, inspetor Neele?

— Bem, aí os fatos também parecem bastante claros. A moça, Gladys, trouxe a bandeja do chá, depois foi buscar outra, que deixou no saguão. Pelo jeito tinha passado o dia todo bem distraída. A partir daí, nunca mais foi vista. A sra. Crump, a cozinheira, supôs que ela houvesse saído sem dizer nada a ninguém. Acho que se baseou no fato de que ela andava com um ótimo par de meias de *nylon* e com seus melhores sapatos. Mas nesse sentido se equivocou por completo. É óbvio que a moça de repente se lembrou de que não tinha recolhido umas roupas que estavam secando no varal lá fora. Correu para apanhá-las e pelo jeito já tinha tirado a metade quando alguém a pegou desprevenida, passando-lhe uma meia pelo pescoço e aí, acabou-se o que era doce.

— Alguém de fora? — perguntou Miss Marple.

— Talvez. Mas também pode ser que fosse da casa. Alguém que tivesse ficado esperando pela oportunidade de surpreendê-la sozinha. A moça andava preocupada, nervosa, quando a interrogamos pela primeira vez, mas tenho a impressão de que não atinamos direito com a importância disso.

— Nem seria possível mesmo! — exclamou Miss Marple. — Porque na maioria das vezes as pessoas realmente parecem culpadas e contrafeitas quando são interrogadas pela polícia.

— Exatamente. Só que dessa vez foi mais do que isso. Eu acho que Gladys tinha visto alguém fazendo alguma coisa que lhe pareceu que necessitava de uma explicação. Não creio que tenha sido algo de muito preciso. Senão ela *teria falado*. Mas acho que se traiu com a própria pessoa em questão. Que então percebeu que Gladys era um perigo.

— E aí ela foi estrangulada e botaram um prendedor de roupa no nariz dela — murmurou Miss Marple, como se estivesse falando sozinha.

— Pois é, isso foi uma malvadeza. Um toque sádico, escarninho. O tipo da bravata desnecessária.

Miss Marple sacudiu a cabeça.

— *Desnecessária*, não digo. Tudo encaixa no quadro, não é?

O inspetor olhou-a com curiosidade.

— Não entendo, Miss Marple. O que é que a senhora quer dizer com quadro?

Ela na mesma hora se atrapalhou toda.

— Bem, eu quero dizer que me parece... quero dizer, considerado como uma sequência, não sei se me entende... ora, a gente não pode se afastar dos fatos, não é?

— Continuo não entendendo.

— Bem, eu quero dizer... Nós temos o sr. Fortescue. Rex Fortescue. Assassinado em seu escritório, na cidade. Depois, a sra. Fortescue, sentada aqui na biblioteca, tomando chá. Havia bolinhos e *mel*. E por fim a pobre Gladys, com o prendedor de roupa no nariz. Só para *sublinhar* a coisa toda. Aquela simpatia da sra. Patricia Fortescue me disse que parecia que não tinha o mínimo sentido, mas nisso é que eu não concordo, porque sentido é o que não falta, não é mesmo?

— Acho que... — começou Neele, devagar.

Miss Marple atalhou logo:

— Calculo que o senhor tenha 35 ou 36 anos, não é, inspetor? Me parece que foi justamente por essa época que começou a haver uma reação, quando o senhor era pequeno, quero dizer, contra as canções infantis. Mas quando a gente se cria ouvindo contos da carochinha... é realmente muito significativo, não acha? O que eu gostaria de saber era... — Ela fez uma pausa e depois, parecendo se armar de coragem, continuou destemida: — Claro que eu sei que é grande impertinência da minha parte dizer uma coisa dessas para o senhor.

— Por favor, Miss Marple, diga o que bem entender.

— Puxa, é muita bondade sua. Vou dizer. Embora, como já falei, eu faça isso com a máxima hesitação, porque sei que estou muito velha e meio caduca, e acho até que minha ideia pode não ter o mínimo valor. Mas o que eu quero dizer é o seguinte: já pensou na questão dos melros?

14

I

Durante cerca de dez segundos o inspetor Neele ficou encarando Miss Marple com o maior assombro. A primeira coisa que lhe ocorreu foi a que velhota tivesse enlouquecido.

— Melros? — repetiu.

Ela sacudiu vigorosamene a cabeça.

— É — respondeu, pondo-se logo a declamar:

Reparem que canção mais singela:
Com cem gramas de centeio
E vinte melros de recheio
Basta fechar a panela
E esperar que se ponham a cantar
Uma torta tão bonita não faria o rei vibrar?
Enquanto ele no escritório, o dia inteiro,
Pensa só em ganhar dinheiro,
A rainha na sala sozinha
Come o pão com mel que lhe trazem da cozinha.
A criada, no quintal, estende a roupa, feliz,
Até que um passarinho safado lhe morde o nariz.

— Santo Deus! — exclamou o inspetor.

— Encaixa, não é mesmo? — perguntou ela. — Era *centeio* que tinha no bolso, não era? Pelo menos foi o que li num jornal. Os outros só falavam em cereal, que podia significar qualquer coisa. "A glória do agricultor" ou "Flocos de trigo"... ou até maisena... mas *era* centeio, não era?

Neele confirmou com a cabeça.

— Está vendo? — disse Miss Marple, triunfante. — *Rex* Fortescue. Rex quer dizer *rei*. Em seu *escritório*. E a sra. Fortescue, a rainha na sala, comendo pão com mel. E assim, naturalmente, o assassino tinha que botar o tal prendedor de roupa no nariz da pobre Gladys.

— Quer dizer, então, que a história toda é uma loucura? — perguntou o inspetor Neele.

— Não se devem tirar conclusões precipitadas... mas não resta dúvida que é muito *estranho*. O senhor realmente tem que averiguar a respeito dos melros. Porque é *certo* que há melros nessa história!

Foi a essa altura que o sargento Hay entrou na sala, todo afobado.

— Inspetor.

Calou-se ao ver Miss Marple. Neele, refazendo-se do espanto, disse:

— Obrigado, Miss Marple. Vou examinar o assunto. Já que se interessa pela moça, talvez fosse bom ver as coisas que ela deixou no quarto. Daqui a pouco o sargento Hay poderá acompanhá-la.

Miss Marple, vendo que tinha que se retirar, saiu toda alvoroçada.

— Melros... — murmurou o inspetor.

O sargento Hay arregalou os olhos.

— Que é que há, Hay?

— Inspetor — repetiu o sargento Hay, afobado. — Olhe isto aqui.

E mostrou um objeto enrolado num lenço meio encardido.

— Achei lá entre as moitas — disse. — Podia ter sido jogado de uma das janelas dos fundos.

Largou o objeto em cima da escrivaninha, diante do inspetor, que se curvou para examiná-lo com entusiasmo cada vez maior. Tratava-se de um pote de geleia de laranja quase cheio.

O inspetor fitou-o sem fala. Seu rosto tinha assumido uma expressão especialmente impassível e bronca. Isso, na realidade, significava que o cérebro do inspetor Neele estava, mais uma vez, se embrenhando por uma trilha imaginária. Uma espécie de filme se desenrolava diante dos olhos da sua imaginação. Viu um pote novo de geleia de laranja, mãos que abriam cuidadosamente a tampa, retiravam uma pequena quantidade de geleia, misturavam com um preparado de taxina e tornavam a pôr no pote, limpando a borda e colocando a tampa de novo no lugar. A essa altura, parou para perguntar ao sargento Hay:

— Eles não tiram a geleia do pote para pôr noutros mais bonitos?

— Não, inspetor. Começaram a servir no próprio pote durante a guerra, quando tudo andava escasso, e desde então conservaram o hábito.

— O que facilitou tudo, naturalmente — murmurou Neele.

— E tem mais — frisou o sargento Hay. — O sr. Fortescue era o único que comia geleia de laranja na hora do café (e o sr. Percival, quando estava em casa). O resto da família preferia outros tipos de geleia ou então mel.

Neele concordou com a cabeça.

— Sim — disse. — O que tornou tudo bem simples, não é?

Depois de breve interrupção, o filme continuou a rodar em sua imaginação. Agora estava na mesa do café. Rex Fortescue estendia a mão para o pote de geleia de laranja, tirava uma colherada e a espalhava na torrada coberta de manteiga. Desse jeito ficava mais fácil, muito mais fácil, do que o risco e a dificuldade de botar o veneno na sua xícara de café. Um método infalível de aplicar a taxina! E depois? Nova interrupção e uma cena já menos nítida. A substituição daquele pote de geleia por outro que contivesse exatamente a mesma quantidade que lhe fora subtraída. E por fim uma janela aberta. Uma mão e um braço atirando o pote no meio das moitas. Mas a mão e o braço de quem?

Neele disse com a voz mais natural:

— Bem, é claro que teremos que mandar examinar isso. Para ver se há qualquer vestígio de taxina. Não podemos tirar conclusões precipitadas.

— Pois é, inspetor. Talvez também haja impressões digitais.

— Provavelmente não as que nós queremos — retrucou o inspetor, sorumbático. — Decerto se encontrarão as de Gladys, de Crump e do próprio Fortescue. E no mínimo da sra. Crump, do entregador do armazém e algumas outras! Se alguém botou taxina aqui, não seria bobo de andar passando os dedos pelo pote todo. Enfim, como já disse, não devemos tirar conclusões precipitadas. Como é que encomendam a geleia e onde é que ela fica guardada?

O diligente sargento Hay tinha resposta pronta para todas essas perguntas.

— Tanto a de laranja como as outras vêm numa quantidade de seis cada vez. Quando o pote velho está quase no fim, levam um novo para a copa.

— O que significa que poderiam ter mexido nele vários dias antes de ser posto na mesa do café — disse Neele. — O que seria bem fácil para qualquer pessoa da casa ou que tivesse acesso a ela.

O termo "acesso à casa" deixou o sargento Hay levemente intrigado. Não conseguia ver o rumo que o raciocínio de seu superior estava tomando.

Neele, porém, postulava o que lhe parecia ser uma dedução lógica.

Se houvessem mexido na geleia *com antecedência* — então não havia dúvida de que *as pessoas que se achavam na mesa do café na manhã fatídica* eram inocentes.

O que abria novas possibilidades muito interessantes.

Começou a planejar entrevistas com uma série de pessoas — dessa vez com um ângulo de abordagem bem diferente.

Ficaria de olhos abertos...

Estava até disposto a levar a sério as sugestões daquela velha Miss Não-sei-do-quê a respeito dos versos infantis. Porque não se podia negar que se encaixavam na história de uma maneira surpreendente. Inclusive num ponto que o intrigara desde o início. O punhado de centeio.

— Melros? — murmurou Neele consigo mesmo.

O sargento Hay arregalou os olhos.

— Não é mel, inspetor — disse. — É *geleia de laranja*.

II

O inspetor Neele saiu à procura de Mary Dove.

Encontrou-a num dos quartos do segundo andar controlando o trabalho de Ellen, que tirava da cama lençóis aparentemente limpos. Via-se uma pequena pilha de toalhas novas em cima de uma cadeira.

Neele ficou perplexo.

— Esperando hóspedes? — perguntou.

Mary sorriu para ele. Em contraste com Ellen, que parecia carrancuda e truculenta, Mary estava imperturbável como sempre.

— Muito pelo contrário — respondeu.

O inspetor olhou-a com ar inquisitivo.

— Este é o quarto de hóspedes que tínhamos preparado para o sr. Gerald Wright.

— Gerald Wright? Quem é ele?

— Um amigo da srta. Elaine. — A voz de Mary era cuidadosamente despida de qualquer inflexão.

— Quando é que ele pretendia vir?

— Tenho impressão de que ele chegou ao Golf Hotel no dia seguinte à morte do sr. Fortescue.

— No dia *seguinte*.

— Foi o que a srta. Elaine me disse. — A voz de Mary continuava impessoal: — Ela me falou que queria que ele viesse se hospedar aqui... aí eu preparei um quarto. Agora... depois dessas duas outras... tragédias... parece mais conveniente que ele fique no hotel.

— No Golf Hotel?

— É.

— Tem razão — disse o inspetor.

Ellen recolheu os lençóis e as toalhas e saiu do quarto.

Mary olhou para o inspetor com uma expressão interrogativa.

— Queria falar alguma coisa comigo?

— Cada vez se torna mais importante apurar a hora exata com a maior clareza — explicou Neele, afável. — Os membros da família parecem meio vagos nesse sentido... o que talvez seja compreensível. Em compensação, srta. Dove, já percebi que a senhora é extremamente precisa a esse respeito.

— O que também é compreensível!

— Sim... talvez... devo sem dúvida felicitá-la pela maneira como vem mantendo essa casa em ordem, apesar do... bem, do pânico... que essas últimas mortes certamente causaram. — Fez uma pausa e depois perguntou com curiosidade: — Como conseguiu?

Já tinha notado, astutamente, que o único ponto vulnerável na armadura impenetrável de Mary Dove era o prazer que sentia com a sua própria eficiência. Agora, ao responder, ela perdeu um pouco a severidade.

— Os Crump, naturalmente, quiseram logo ir embora.

— Não teríamos permitido.

— Eu sei. Mas também disse a eles que o sr. Percival era bem capaz de ser... bom... mais generoso... com quem lhe poupasse quaisquer inconveniências.

— E Ellen?

— A Ellen não pretende ir embora.

— Não pretende ir embora — repetiu Neele. — Tem nervos de aço.

— É louca por tragédias — disse Mary. — Tal como a sra. Percival, encontra nelas uma espécie de prazer dramático.

— Interessante. A senhora acha que a sra. Percival... gostou das tragédias?

— Não... claro que não. Seria ir longe demais. Apenas diria que isso lhe possibilitou... bem... mostrar-se à altura delas...

— E que efeito teve sobre a senhora, srta. Dove?

Mary deu de ombros.

— Não foi uma experiência agradável — respondeu, impassível.

O inspetor ficou de novo com vontade de romper as defesas dessa jovem imperturbável, a fim de descobrir o que havia realmente por trás da cuidadosa e eficiente discrição de toda a sua atitude. Limitou-se a observar bruscamente:

— Agora... recapitulando horas e lugares: a última vez que viu Gladys Martin foi no saguão, antes do chá, quando faltavam vinte minutos para as cinco?

— Foi... Eu lhe pedi que fosse buscar a bandeja.

— E de onde a senhora vinha?

— Lá de cima... julguei ter ouvido o telefone poucos minutos antes.

— Que Gladys, presumivelmente, atendeu.

— Sim. Ela me disse que era engano. Alguém que queria falar com a lavanderia de Baydon Heath.

— E foi essa a última vez que a viu?

— Ela entrou com a bandeja do chá na biblioteca mais ou menos uns dez minutos depois disso.

— Quando a srta. Elaine já tinha chegado?

— Sim, cerca de três ou quatro minutos depois. Aí, eu fui lá em cima avisar a sra. Percival de que o chá estava pronto.

— Sempre costumava fazer isso?

— Não... eles vinham tomar chá quando bem entendiam... Mas a sra. Fortescue perguntou onde estavam todos. Julguei ter ouvido a sra. Percival entrar, mas me enganei...

Neele interrompeu. Aquilo era novidade para ele.

— Quer dizer que ouviu alguém caminhando lá em cima?

— Sim... no alto da escada, me pareceu. Mas como ninguém desceu, resolvi subir. A sra. Percival estava no quarto. Tinha acabado de chegar. Havia saído para dar uma volta...

— Para dar uma volta... compreendo. E eram...

— Ah... quase cinco horas, acho eu...

— E quando foi que o sr. Lancelot chegou?

— Poucos minutos depois que tornei a descer... pensei que tivesse chegado mais cedo... mas...

— Por que pensou que ele tivesse chegado mais cedo? — interrompeu o inspetor.

— Porque julguei tê-lo visto pela janela da escada.

— No jardim, quer dizer?

— É... vi alguém passar de relance pela sebe do teixo... e achei que fosse ele.

— Isso foi quando vinha descendo, depois de avisar a sra. Percival de que o chá estava pronto?

— Não... não foi aí... — corrigiu Mary —, foi antes... quando desci pela primeira vez.

Neele arregalou os olhos.

— Tem certeza, srta. Dove?

— Tenho, sim. Absoluta. Foi por isso que fiquei surpresa ao vê-lo... quando ele realmente tocou a campainha.

O inspetor sacudiu a cabeça. Procurou disfarçar o alvoroço que sentia no íntimo ao dizer:

— Não pode ter sido Lancelot Fortescue que a senhora viu no jardim. O trem dele, que devia chegar às 4h28, chegou com nove minutos de atraso. Ele desceu na estação de Baydon Heath às 4h37. Teve de esperar um pouco até conseguir um táxi... aquele trem quase sempre vem lotado. Na verdade, faltavam quinze para as cinco (cinco minutos *depois* que a senhora viu o tal homem no jardim) quando ele saiu da estação, e se leva dez minutos de carro para chegar até aqui. Ele pagou o táxi no portão mais ou menos às cinco para as cinco, no mínimo. Não... não foi Lancelot Fortescue que a senhora viu.

— Tenho certeza de que vi alguém.

— Viu, sim. Estava escurecendo. Não deu para enxergar o homem direito?

— Que esperança... não pude ver-lhe o rosto, nem nada disso... apenas o vulto... alto e magro. Nós esperávamos o sr. Lancelot... por isso cheguei à conclusão de que devia ser ele.

— Em que sentido ele ia indo?

— Por trás da sebe de teixo, em direção à ala leste da casa.

— Lá há uma porta lateral. Fica sempre fechada?

— Só quando se tranca toda a casa de noite.

— Qualquer um poderia entrar por aquela porta sem ser visto por ninguém que more aqui.

Mary pensou um pouco.

— É. Também acho. — Acrescentou logo: — Quer dizer... que a pessoa que depois eu ouvi caminhando lá em cima poderia ter entrado dessa maneira? E ficar escondido... lá em cima?

— É bem possível.

— Mas quem...?

— Isso é o que temos que ver. Obrigado, srta. Dove.

Quando ela se virou para se retirar, Neele perguntou-lhe no tom mais natural:

— A propósito, será que não pode me dizer nada sobre os *melros*?

Pela primeira vez teve impressão de que Mary Dove foi colhida de surpresa. Ela se virou bruscamente.

— Eu... que foi que o senhor disse?

— Perguntei-lhe apenas sobre os melros.

— Refere-se aos...

— Melros — repetiu o inspetor, imperturbável.

— Aquela bobagem do verão passado? Mas seguramente não é possível que...

Não terminou a frase.

— Ouvi alguns boatos — continuou Neele, amável —, mas tinha certeza que a senhora poderia esclarecer melhor.

Mary já recobrara a atitude calma e o ar de espírito prático.

— Acho que deve ter sido uma brincadeira de mau gosto — disse. — Um dia, o sr. Fortescue encontrou quatro melros mortos em cima da escrivaninha do gabinete dele. Era verão e as janelas estavam abertas, e pensamos até que fosse coisa do filho do jardineiro, embora ele insistisse que não sabia de nada. Mas eram, de fato, os melros que o jardineiro andava tentando caçar com a espingarda porque eles não saíam lá dos pés de frutas.

— E alguém acertou neles e colocou-os em cima da escrivaninha do sr. Fortescue.

— Sim.

— Havia algum motivo para isso... qualquer relação com os melros?

Mary sacudiu a cabeça.

— Não creio.

— Como foi que o sr. Fortescue encarou a coisa? Ficou contrariado?

— Lógico que ficou.

— Mas não se deixou abalar por causa disso?

— Realmente, não me lembro.

— Está bem — disse Neele.

E calou-se. Mary se virou de novo para sair, mas dessa vez o inspetor teve a impressão de que ela relutava, como que curiosa por saber melhor o que lhe passava pela cabeça. De pura ingratidão, a única coisa que sentiu em relação a Miss Marple foi aborrecimento. Ela lhe sugerira que havia melros na história, e dito e feito, lá estavam eles! Verdade que não vinte e tantos, mas numa indicação simbólica, por assim dizer.

Só que fazia muito tempo que tinha acontecido isso, no verão passado, e não via como encaixá-los na história. Não pretendia deixar que melros fantasmas o desviassem da investigação lógica e racional de um crime praticado friamente por um assassino lúcido, mas de agora em diante seria forçado a considerar as possibilidades mais estapafúrdias do caso.

15

I

— Desculpe-me incomodá-la novamente, srta. Elaine, mas preciso esclarecer bem o seguinte. Ao que me consta, a senhora foi a última pessoa... ou, melhor, a penúltima... a ver a sra. Fortescue viva. Eram mais ou menos cinco e vinte quando saiu da sala?

— Por aí — respondeu Elaine. — Não saberia dizer com exatidão. — Acrescentou, defensiva: — Ninguém fica cuidando a hora o tempo todo.

— Não, claro que não. E enquanto esteve a sós com a sra. Fortescue, depois que os outros já tinham ido embora, sobre o que conversaram?

— Isso tem algum interesse?

— Provavelmente não — disse o inspetor Neele —, mas talvez fornecesse uma pista para se saber o que a sra. Fortescue estava pensando.

— Como assim... o senhor julga que poderia ter sido ela mesma?

Neele notou que o rosto dela se iluminara. No que dizia respeito à família, seria sem dúvida uma solução muito conveniente. Só que ele não acreditava, de maneira alguma, nessa hipótese. A seu ver, Adele Fortescue não tinha tipo de suicida. Mesmo que houvesse envenenado o marido e temesse ser descoberta, jamais pensaria em se suicidar. Certamente teria o otimismo de imaginar que, ainda que fosse julgada por homicídio, conseguiria ser absolvida. Mas não lhe desagradava a ideia de que Elaine Fortescue se inclinasse por essa hipótese. Por isso respondeu, com toda a sinceridade:

— Não é uma possibilidade de se desprezar, srta. Elaine. Agora talvez queira me contar sobre o que conversaram...

— Bem, foi realmente a respeito de problemas meus.

Elaine hesitou.

— Que problemas...?

O inspetor fez uma pausa, deixando a pergunta no ar, com expressão amável.

— Eu... um amigo meu tinha acabado de chegar por aqui e perguntei a Adele se ela não se opunha a... a que eu o convidasse para se hospedar aqui em casa.

— Ah... e quem é esse amigo?

— Sr. Gerald Wright. Ele é professor. Está... está hospedado no Golf Hotel.

— É um amigo muito íntimo, talvez?

Neele sorriu de uma maneira paternal que o deixava, pelo menos, 15 anos mais velho.

— Quem sabe dentro em breve teremos uma participação interessante?

Sentiu-se quase arrependido ao ver o gesto desajeitado da mão da moça e o rubor que lhe cobriu o rosto. Não havia dúvida, estava apaixonada mesmo pelo rapaz.

— Nós... nós ainda não somos noivos oficialmente e é lógico que não poderíamos fazer a participação agora, mas... bem, creio que o senhor tem razão... quero dizer, sim, nós pretendemos nos casar.

— Meus parabéns — disse o inspetor, afável. — Com que então sr. Wright está hospedado no Golf Hotel? Desde quando?

— Eu telegrafei a ele quando papai morreu.

— E ele veio logo. Compreendo — disse Neele, usando uma de suas expressões favoritas da maneira mais cordial e tranquilizadora. — E o que disse a sra. Fortescue quando lhe perguntou se ele poderia vir para cá?

— Ah, ela respondeu que estava bem, que eu podia convidar quem eu quisesse.

— Foi simpática, então?

— Simpática, propriamente, não. Quer dizer, ela disse...

— Ah é? Que mais que ela disse?

Elaine ruborizou de novo.

— Ah, qualquer coisa besta a propósito de que agora não haveria mais problemas. O tipo de comentário que Adele faria.

— Ah, pois é — disse o inspetor, apaziguador —, os parentes costumam dizer essas coisas.

— Sim. Mas é que as pessoas têm certa dificuldade para... para ver as qualidades do Gerald. Ele é um intelectual, compreende? E tem uma porção de ideias anticonvencionais e progressistas que os outros não gostam.

— Foi por isso que ele não se entendeu com o seu pai?

Elaine ruborizou ao máximo.

— Papai estava de espírito muito prevenido e se mostrou injusto. Foi muito agressivo com o Gerald. A tal ponto que, chateado com a atitude dele, Gerald foi embora e fiquei várias semanas sem notícias dele.

"E provavelmente ficaria ainda mais, se seu pai não tivesse morrido e lhe deixado uma verdadeira fortuna", pensou Neele.

— Que mais conversou com a sra. Fortescue? — perguntou em voz alta.

— Mais nada. Acho que foi só isso.

— E eram mais ou menos cinco e vinte, e a encontraram morta quando faltavam cinco para as seis. A senhora não voltou à sala durante essa meia hora?

— Não.

— Que ficou fazendo?

— Eu... eu saí para dar uma volta.

— Até o Golf Hotel?

— Eu... bem, sim, mas o Gerald não estava lá.

— Compreendo — repetiu o inspetor, mas dessa vez com certo desinteresse.

Elaine Fortescue se levantou e perguntou:

— É só?

— Sim. Obrigado, srta. Elaine.

Quando já ia se retirando, Neele perguntou no tom mais natural:

— A senhora não sabe de nada a respeito de melros, sabe?

Ela arregalou os olhos.

— Melros? Refere-se aos da torta?

"Eles deviam estar *dentro* da torta", pensou o inspetor com seus botões. Mas limitou-se a indagar:

— Quando foi isso?

— Ah! Já faz uns três ou quatro meses... e apareceram uns também na escrivaninha de papai. Ele ficou furioso...

— Furioso, é? Fez muitas perguntas?

— Claro que fez... mas não conseguimos descobrir quem os tinha posto lá.

— Não sabe por que foi que ele ficou tão irritado assim?

— Ora... era o tipo da brincadeira de mau gosto, não acha?

Neele olhou pensativo para ela, mas não percebeu nenhum sinal de dissimulação em seu rosto.

— Ah, só mais uma coisa, srta. Elaine. Não sabe se sua madrasta chegou a fazer algum testamento?

Elaine sacudiu a cabeça.

— Não tenho a mínima ideia... mas suponho que sim. Quase todo mundo faz, não é?

— Deviam fazer... mas nem sempre fazem. A senhora já fez?

— Não... não fiz, não. Nunca tive nada para deixar para ninguém. Mas agora, naturalmente...

Ele percebeu, pelo olhar dela, que ela se havia apercebido da mudança de situação.

— Pois é — disse. — Cinquenta mil libras é muita responsabilidade... modifica uma porção de coisas, srta. Elaine.

II

O inspetor Neele ficou alguns minutos pensativo, com o olhar parado, depois que Elaine Fortescue saiu da sala. Não havia dúvida, tinha muito em que pensar. A declaração de Mary Dove, de ter visto um homem no jardim mais ou menos às 4h35, abria novas possibilidades. Isto, é lógico, se estivesse falando a verdade. Para Neele, *ninguém* jamais dizia a verdade. Mas, examinando a declaração dela a fundo, não via motivo para que estivesse mentindo. Sentia-se propenso a considerar que Mary tivesse dito a verdade ao mencionar que vira um homem no jardim. Era óbvio que não podia se tratar de Lancelot Fortescue, embora as razões que a tinham levado a supor isso fossem perfeitamente naturais, dadas as circunstâncias. Não fora Lance Fortescue, mas um homem mais ou menos da mesma altura e constituição e que se encontrava àquela hora no jardim, ainda por cima caminhando furtivamente, segundo parecia, a julgar pelo modo como se esgueirara por trás da sebe de teixo. Então isso certamente abria uma nova linha do raciocínio.

Convinha também levar em conta a declaração de que ela ouvira alguém caminhando no segundo andar, o que, por sua vez, combinava com outra coisa: o pedacinho de barro encontrado no soalho do *boudoir* de Adele Fortescue. O inspetor concentrou suas ideias na pequena escrivaninha elegante daquela mesma peça. Uma bonita imitação de antiguidade, cuja gaveta secreta — bastante óbvia — continha três cartas escritas por Vivian Dubois à Adele Fortescue. Já deparara em sua carreira com grande variedade de cartas de amor. Estava acostumado a cartas apaixonadas, tolas, sentimentais, importunas e inclusive cautelosas. E sentia-se inclinado a classificar aquelas três nessa última categoria. Ainda que fossem apresentadas perante um tribunal de divórcio, poderiam passar como inspiradas por uma amizade meramente platônica. "Platônica, uma ova!", pensou Neele, deselegantemente. Ao encontrar as cartas, as tinha enviado logo para a Scotland Yard, uma vez que a essa altura o problema principal era se o gabinete do promotor público achava que havia provas suficientes para instaurar processo contra Adele Fortescue e Vivian Dubois juntos. Tudo indicava que Rex Fortescue fora envenenado pela esposa, com ou sem a conivência do amante. As tais cartas, embora cautelosas, deixavam bem claro que Vivian Dubois era o amante dela, mas não continham nenhuma instigação ao crime, pelo menos na opinião de Neele. Talvez tivesse havido alguma instigação de viva voz, mas Vivian Dubois era demasiado prudente para deixar qualquer coisa desse gênero por escrito.

O inspetor deduziu, com justeza, que Vivian Dubois tinha pedido para Adele Fortescue destruir as cartas e que ela lhe dissera que assim havia feito.

Bem, agora tinham mais duas mortes para resolver. E isso significava, ou devia significar, que Adele Fortescue não matara o marido.

Isto é, a não ser que — Neele considerou uma nova hipótese — Adele Fortescue pretendesse casar com Vivian Dubois, que, por sua vez, estivesse interessado, não nela, mas nas cem mil libras que ela herdaria pela morte do marido. Talvez, supôs que a morte de Rex Fortescue fosse atribuída a causas naturais. A uma espécie de ataque ou derrame. Afinal de contas, já fazia um ano que todo mundo parecia apreensivo com a saúde dele. (O inspetor prometeu a si mesmo averiguar esse detalhe. Seu subconsciente lhe dizia que talvez fosse importante.) Continuando, a morte de Rex Fortescue não ocorrera de acordo com o plano. Fora diagnosticada, sem perda de tempo, como envenenamento, descobrindo-se logo o nome do veneno.

Suponhamos que Adele Fortescue e Vivian Dubois fossem culpados, em que estado, então, estariam? Ele ficaria apavorado e ela perderia a cabeça, fazendo ou dizendo bobagens. Seria capaz de telefonar para Dubois, cometendo indiscrições que ele se daria conta de que alguém podia escutar no Chalé do Teixo. E o que faria a seguir?

Por enquanto ainda era cedo para tentar responder essa pergunta, mas Neele se propôs logo a fazer sindicâncias no Golf Hotel, para saber se Dubois havia se afastado do hotel entre as 4h15 e 6 horas da tarde. Vivian Dubois era alto e moreno como Lance Fortescue. Poderia ter entrado no jardim pela porta lateral, subido ao segundo andar e depois...? Procurado as cartas e descoberto que tinham desaparecido? Esperado ali, talvez, até que o caminho ficasse livre e por fim descer à biblioteca, quando o chá já houvesse terminado e Adele Fortescue estivesse sozinha?

Mas tudo isso era ir depressa demais...

Neele havia interrogado Mary Dove e Elaine Fortescue. Agora precisava ver o que a mulher de Percival Fortescue tinha a dizer.

16

I

O inspetor Neele encontrou a Jennifer Fortescue escrevendo cartas em sua sala particular no segundo andar. Levantou-se meio nervosa ao vê-lo entrar.

— Aconteceu alguma coisa... o quê... será quê...?

— Sente-se, por favor, sra. Percival. São só mais algumas perguntas que gostaria de lhe fazer.

— Ah, bem. Pois não, inspetor. É tudo tão medonho, não é? Tão horrendo.

Sentou-se, ainda nervosa, na poltrona. Neele ocupou a pequena cadeira de encosto reto que lhe ficava próxima. Analisou-a com bastante mais atenção do que tinha feito até então. Sob certos aspectos, parecia-lhe um tipo medíocre de mulher — inclusive não muito feliz. Inquieta, insatisfeita, de mentalidade pouco arejada, achou, entretanto, que talvez fosse eficiente e habilidosa na sua profissão de enfermeira de hospital. Embora o casamento com um homem rico lhe tivesse proporcionado uma vida ociosa, era evidente que não se contentava com isso. Comprava roupas, lia romances e comia doces, mas ele se lembrava da curiosidade ávida que demonstrara na noite da morte de Rex Fortescue, o que lhe parecera não tanto uma satisfação mórbida, como a revelação dos áridos desertos de tédio que lhe cercavam a vida. Suas pálpebras estremeceram e caíram diante do olhar inquisitivo dele. Davam-lhe aparência de ser, ao mesmo tempo, nervosa e culpada, mas o inspetor não conseguiu se certificar de que fosse realmente isso.

— Receio que tenhamos de repetir várias vezes as mesmas perguntas — explicou Neele, com brandura. — Deve ser muito cansativo para todos vocês. Sempre levo isso em conta, mas há tanta coisa que depende da *hora* exata dos acontecimentos, compreende? A senhora, ao que me consta, desceu muito atrasada para o chá, não foi? Para dizer a verdade, a srta. Dove teve de subir para chamá-la.

— Sim. De fato, ela veio. E disse que o chá estava servido. Nem percebi que era tão tarde assim. Estava escrevendo cartas.

Neele olhou de relance para a escrivaninha.

— Compreendo — disse. — Não sei por que, mas pensei que tivesse saído para dar uma volta.

— Foi ela que lhe disse? Ah é... creio que tem razão. Eu estava escrevendo cartas. Depois me senti meio sufocada e com um pouco de dor de cabeça, de modo que saí... e... fui dar uma volta. Lá fora no jardim.

— Compreendo. Não encontrou ninguém?

— Se não encontrei ninguém? — Encarou-o nos olhos. — Como assim?

— Estava apenas me perguntando se não teria visto alguém ou se ninguém a teria visto durante esse passeio.

— A única pessoa que eu vi foi o jardineiro, de longe.

Olhava-o com desconfiança.

— Depois entrou, subiu aqui para o seu quarto e estava tirando suas coisas quando a srta. Dove veio lhe avisar que o chá estava pronto?

— Sim. Sim, e aí então eu desci.

— E quem se achava na sala?

— Adele e Elaine, e pouco depois chegou o Lance. O meu cunhado, sabe? O que voltou do Quênia.

— E aí todos tomaram chá?

— Tomamos, sim. Depois, o Lance subiu para falar com tia Effie e eu vim para cá para terminar minhas cartas. Deixei Elaine lá com a Adele.

O inspetor concordou com a cabeça, tranquilizador.

— Sim. Parece que a srta. Elaine ficou uns cinco ou dez minutos com a sra. Fortescue depois que a senhora saiu. Seu marido ainda não tinha chegado?

— Oh, não. Perci... o Val... só chegou lá pelas seis e meia ou sete horas. Ficou retido na cidade.

— Ele voltou de trem?

— Voltou. Pegou um táxi na estação.

— Ele costuma voltar de trem?

— Às vezes. Mas é raro. Tenho impressão de que ele andava por uma parte da cidade onde fica meio difícil estacionar o carro. Para ele era mais fácil pegar o trem em Cannon Street.

— Compreendo — disse Neele. Continuou: — Eu perguntei ao seu marido se a sra. Fortescue não tinha feito testamento antes de morrer. Ele disse que achava que não. A senhora não sabe de nada a respeito?

Para sua surpresa, Jennifer Fortescue confirmou vigorosamente com a cabeça.

— Claro que sei — respondeu. — Adele fez testamento. Ela mesma me contou.

— Ah, é? Quando foi isso?

— Não faz muito tempo. Um mês, mais ou menos, acho eu.

— Que interessante — retrucou o inspetor Neele.

Jennifer se curvou, ansiosa, para a frente. Seu rosto agora estava todo animado. Gostava evidentemente de exibir seus conhecimentos privilegiados.

— O Val não sabia de nada — disse. — Ninguém sabia. Descobri tudo por acaso. Eu passava pela rua, vindo da papelaria, quando a vi saindo do escritório do advogado. Ansell & Worrall, sabe? Em High Street.

— Ah — exclamou Neele —, os advogados locais?

— É. E perguntei para a Adele: "Que é que você foi fazer lá?" Ela riu e respondeu: "Bem que você gostaria de saber, não é?" E aí, então, enquanto caminhávamos juntas, disse: "Vou lhe contar, Jennifer. Fui fazer meu testamento." "Ora, Adele", disse eu, "por que fez isso se não está doente nem nada?" E ela respondeu que claro que não estava, não, que nunca tinha se sentido melhor, mas que todo mundo devia fazer testamento. E que não ia procurar aquele advogado pernóstico da família em Londres, sr. Billingsley. Que o velho era muito intrometido e acabaria contando para toda a família. "Não", disse ela, "o meu testamento só interessa a mim mesma, Jennifer, e vou fazê-lo à minha maneira, sem que ninguém fique sabendo de nada." "Bem, Adele", disse eu, "eu é que não vou contar pra ninguém." "Se contar, não tem importância, pois você não sabe o que ele contém." Mas não contei, não. Nem mesmo para o Val. Eu acho que as mulheres devem ser unidas, não é, inspetor?

— Tenho certeza de que faz muito bem em pensar assim, sra. Percival — respondeu Neele, diplomaticamente.

— Estou certa de que nunca fui maldosa — disse Jennifer. — Não que simpatizasse muito com Adele, não sei se o senhor me entende. Sempre me pareceu que era o tipo da mulher que não hesitaria diante de nada para conseguir o que queria. Agora que já morreu, talvez a tenha julgado mal, coitada.

— Bem, sra. Percival, muito obrigado pelo grande auxílio que me prestou.

— Ora, não há de quê. Tenho o maior prazer em ajudar no que posso. Tudo isso é tão horrível, não é? Quem é aquela senhora que chegou hoje de manhã?

— Miss Marple? Ela teve a gentileza de vir cá para nos prestar informações sobre a Gladys. Parece que Gladys Martin já trabalhou para ela.

— Ah é? Que interessante.

— Outra coisa, senhora. Não sabe nada a respeito de melros?

Jennifer teve um violento sobressalto. Deixou cair a bolsa no chão e curvou-se para apanhá-la.

— Melros, inspetor? Melros? Que espécie de melros?

A voz estava quase ofegante. Sorrindo um pouco, Neele respondeu:

— Apenas melros. Vivos ou mortos ou até, digamos, simbólicos?

— Não sei o que o senhor quer dizer — respondeu ela, com brusquidão. — Não tenho a mínima ideia.

— Então não sabe nada a respeito de melros, sra. Percival?

— Suponho que se refira aos da torta do verão passado — retrucou ela, lentamente. — Uma história ridícula.

— Também deixaram alguns em cima da mesa da biblioteca, não foi?

— O tipo de brincadeira de mau gosto. Não sei quem andou lhe falando a respeito disso. O sr. Fortescue, o meu sogro, ficou aborrecidíssimo com aquilo.

— Só aborrecido? Mais nada?

— Ah... Estou vendo aonde quer chegar. Sim, suponho que... sim, de fato. Ele nos perguntou se não havia gente estranha aqui em casa.

— Gente estranha! — O inspetor arqueou as sobrancelhas.

— Bem, foi o que ele perguntou — frisou ela, na defensiva.

— Gente estranha... — repetiu Neele, pensativo. Depois perguntou: — Parecia meio assustado?

— Assustado? Como assim?

— Nervoso. Por causa de estranhos, quero dizer.

— Sim. De certo modo, sim. Claro que não me lembro direito, sabe. Já faz vários meses. Mas acho que foi apenas uma brincadeira de mau gosto. Do Crump, talvez. Creio mesmo que o Crump é meio desequilibrado e tenho absoluta certeza de que bebe. Às vezes se porta de uma maneira muito insolente. Chego até a pensar que poderia ter algum ressentimento contra o sr. Fortescue. Julga que fosse possível, inspetor?

— Tudo é possível — disse o inspetor, retirando-se.

II

Percival Fortescue ainda estava em Londres, mas o inspetor Neele encontrou Lancelot sentado em companhia da esposa na biblioteca, jogando xadrez.

— Não quero interromper — disse Neele, desculpando-se.

— Estamos só matando tempo, inspetor. Não é, Pat?

Pat confirmou com a cabeça.

— Receio que vá achar a pergunta meio absurda — continuou Neele. — Sabe de alguma coisa sobre melros, sr. Lancelot?

— Melros? — Lance pareceu achar graça. — Que espécie de melros? Pássaros mesmo, ou outra coisa qualquer?

— Nem eu mesmo sei, sr. Lancelot — retrucou o inspetor, com um súbito sorriso desarmante. — É que surgiu uma referência a melros.

— Santo Deus. — De repente pareceu alerta. — Espero que não se trate da velha Mina dos Melros, não?

— A Mina dos Melros? — repetiu Neele, vivamente. — O que é isso?

Lance franziu a testa, intrigado.

— O problema, inspetor, é que eu também não me lembro direito. Tenho apenas uma vaga ideia de uma transação meio suspeita que meu pai fez no passado. Qualquer coisa na Costa Ocidental da África. Me parece que uma vez tia Effie lançou-lhe isso na cara, mas não me lembro de nada com nitidez.

— Tia Effie? A sra. Ramsbottom, certo?

— Sim.

—Vou interrogá-la sobre o assunto — disse o inspetor. Acrescentou, pesaroso: — Ela é uma velha temível, sr. Lancelot. Sempre me deixa meio nervoso.

Lance riu.

— Se é. Tia Effie é realmente fora de série, mas talvez possa ajudá-lo, inspetor, se conseguir cair nas boas graças dela. Ainda mais se se interessar por coisas antigas. Ela tem uma memória incrível e se diverte muito em recordar tudo o que a gente preferiria esquecer. — Acrescentou, pensativo: — Tem outra coisa. Sabe, assim que cheguei aqui fui falar com ela. Para ser mais preciso, logo depois do chá naquele dia. Ela começou a falar sobre a Gladys. A criada que assassinaram. Lógico que na ocasião não sabíamos que estava morta. Mas tia Effie disse que tinha certeza de que Gladys sabia de algo que não havia contado à polícia.

— Quanto a isso não há dúvida — disse o inspetor Neele. — E que agora nunca mais contará, coitada.

— Pois é. Parece que tia Effie aconselhou que ela desabafasse tudo o que sabia. Pena que ela não pôde.

Neele concordou com a cabeça. Preparando-se para o encontro, entrou no reduto da sra. Ramsbottom. Para sua surpresa, deparou com Miss. Marple. As duas velhotas pareciam estar discutindo sobre missões estrangeiras.

— Eu vou sair, inspetor — disse Miss Marple, levantando-se às pressas.

— Não há necessidade, senhora — protestou Neele.

— Convidei Miss Marple para vir se hospedar aqui — anunciou a sra. Ramsbottom. — Não sei para que gastar dinheiro naquele ridículo Golf Hotel. Um verdadeiro antro de gananciosos, isso é o que é. Passam a noite inteira bebendo e jogando cartas. É melhor que ela venha se hospedar numa casa de gente cristã e decente. O quarto pegado está livre. A dra. Mary Peters, a missionária, foi quem se alojou ali por último.

— É muita bondade sua — retrucou Miss Marple —, mas, sinceramente, eu acho que não devo importunar numa casa enlutada.

— Enlutada? Pois sim — exclamou a sra. Ramsbottom. — Quem vai chorar pelo Rex? Ou pela Adele? Será que é a polícia que a preocupa? Há algum inconveniente, inspetor?

— De minha parte, não.

— Viu? — disse a sra. Ramsbottom.

— É muita bondade sua — repetiu Miss Marple, reconhecida.

— Vou telefonar ao hotel para cancelar a reserva.

Saiu do quarto. A sra. Ramsbottom perguntou com veemência para o inspetor:

— Bem, o que é que o *senhor* deseja?

— Gostaria de saber se poderia me dizer alguma coisa a respeito da Mina dos Melros.

A sra. Ramsbottom soltou de repente uma gargalhada estridente.

— Ah, então já descobriu, não? Aproveitou a pista que lhe dei no outro dia. Muito bem, o que quer saber sobre ela?

— Tudo o que puder me dizer.

— Não é muito. Já faz um bocado de tempo... ah, uns vinte a 25 anos, talvez. Uma concessão qualquer lá na África Oriental. Meu cunhado foi para lá com um sujeito chamado MacKenzie. Tinham que investigar a mina juntos e MacKenzie acabou morrendo de febre. Rex voltou para casa, dizendo que as terras, ou a concessão, ou sei lá como chamam, não valiam nada. É só o que *eu* sei.

— Acho que a senhora sabe um pouco mais do que isso — incitou Neele.

— Qualquer outra coisa seria boato. E, ao que me consta, a polícia não gosta de boatos.

— Ainda não estamos no tribunal, sra. Ramsbottom.

— Bem, *eu* é que não posso lhe dizer tudo. A única coisa que sei é que os MacKenzie armaram um barulho dos diabos. Insistiram que o Rex tinha roubado o MacKenzie. Acho que ele roubou mesmo. Era o tipo do sujeito esperto, inescrupuloso, mas seja lá o que possa ter feito, deve ter sido dentro da lei. Não puderam provar nada. A sra. MacKenzie era uma mulher meio desequilibrada. Veio cá e fez uma porção de ameaças de vingança. Disse que o Rex lhe havia assassinado o marido. Quanta besteira e dramalhão! Acho que já andava meio doida... para falar a verdade, creio que pouco depois a internaram num hospício. Chegou aqui trazendo os filhos de arrasto. Pareciam mortos de medo. Disse que ia criar as crianças para se vingar. Qualquer coisa no gênero. Tudo bobagem. Bem, isso é só o que eu sei. E note-se que a Mina dos Melros não foi a única trapaça que o Rex fez na sua vida. É só procurar que a gente encontra outras. Como descobriu a história? Encontrou alguma pista que levasse aos MacKenzie?

— A senhora não sabe que fim levou essa família?

— Não tenho a mínima ideia — respondeu a sra. Ramsbottom. — Olhe, não acho que o Rex fosse capaz de matar o MacKenzie, mas de, talvez, deixá-lo morrer. Aos olhos de Deus dá no mesmo, mas da lei não. Se ele matou, pagou pelo que fez. O castigo tarda, mas não falha... mas agora é melhor que o senhor vá embora. Não tenho mais nada para lhe dizer e não adianta ficar aí me fazendo perguntas.

— Muito obrigado pelo que me contou — disse o inspetor.

— Mande aqui a tal Marple — gritou-lhe a sra. Ramsbottom. — Ela é frívola, como todos os membros da igreja anglicana, mas sabe como se deve proceder em matéria de caridade.

Neele deu dois telefonemas, o primeiro para Ansell & Worrall e o segundo para o Golf Hotel. Depois, chamou o sargento Hay e avisou que ia se afastar da casa por algum tempo.

— Preciso passar pelo escritório do advogado... depois disso, se surgir qualquer coisa urgente, você pode me encontrar no Golf Hotel.

— Sim, senhor.

— E averigue tudo o que puder sobre melros — acrescentou Neele por cima do ombro.

— Melros, inspetor? — repetiu o sargento Hay, completamente confuso.

— Foi exatamente o que eu disse... não mel... melros.

— Perfeitamente, inspetor — retrucou o sargento Hay, perplexo.

17

I

O inspetor Neele viu que o sr. Ansell era o tipo do advogado que não assusta ninguém. Sócio de uma firma pequena e não muito próspera, em vez de defender seus direitos, prontificou-se logo a ajudar a polícia de todas as maneiras possíveis.

Sim, declarou, tinha feito o testamento da falecida sra. Fortescue. Ela viera ao seu escritório umas cinco semanas atrás. Parecera-lhe um negócio meio esquisito, mas naturalmente não fizera nenhum comentário. Negócios esquisitos costumam acontecer com frequência nos escritórios de advogado e o inspetor certamente compreenderia que é ética profissional, etc., etc. O inspetor concordou com a cabeça, demonstrando que compreendia. Já descobrira que o sr. Ansell nunca tratara antes de nenhuma transação legal para a sra. Fortescue ou qualquer outra pessoa da família.

— Ela, naturalmente — explicou o sr. Ansell —, não quis procurar a firma de advogados que tratava dos assuntos do marido.

Despojados da verbosidade jurídica, os fatos eram simples. Adele Fortescue fizera um testamento deixando todos os seus bens para Vivian Dubois.

— Mas eu percebi — disse o sr. Ansell, olhando para Neele de modo inquisitivo —, que ela na verdade não tinha muito para deixar.

Neele concordou com a cabeça. Na ocasião em que Adele fizera o testamento, isso era a pura verdade. Mas depois Rex tinha morrido e ela herdara cem mil libras, que agora (deduzidos os impostos de transmissão) pertenceriam evidentemente a Vivian Dubois.

II

No Golf Hotel, Neele encontrou Dubois esperando nervoso pela sua chegada. Já havia quase ido embora, tendo inclusive arrumado as malas, quando recebeu um telefonema cortês do inspetor pedindo-lhe para ficar. Neele, muito amável, quase se desculpara. Mas por trás das palavras convencionais, o pedido era uma ordem. Dubois protestara, mas não demais.

Agora dizia:

— Espero sinceramente que compreenda, inspetor, o quanto me é inconveniente permanecer aqui. Tenho negócios urgentes a tratar na cidade.

— Não sabia que o senhor tratava de negócios, sr. Dubois — observou Neele, todo afável.

— Creio que hoje em dia ninguém pode se dar ao luxo de parecer tão desocupado quanto gostaria.

— A morte de sra. Fortescue deve ter lhe causado um grande abalo, sr. Dubois. Eram muito amigos, não?

— Sim — respondeu Dubois —, ela era uma criatura maravilhosa. Jogávamos golfe juntos com frequência.

— Imagino que sentirá muito sua falta.

— Sim, sem dúvida — Dubois suspirou. — Tudo isso é realmente um verdadeiro horror.

— Segundo creio, chegou a lhe telefonar na tarde em que ela morreu, não foi?

— Cheguei? Francamente, já nem me lembro.

— Lá pelas quatro horas, ao que me consta.

— Ah, creio que foi.

— Não se recorda sobre o que conversaram, sr. Dubois?

— Ah, nada de importante. Acho que lhe perguntei como ia e se havia alguma novidade a respeito da morte do marido... um pedido de notícias mais ou menos convencional.

— Compreendo — disse Neele. — E depois saiu para dar uma volta?

— Como?... Ah... sim... saí, sim, acho eu. Mas não para dar uma volta. Para jogar um pouco de golfe.

— Creio que não, sr. Dubois — retrucou Neele, delicadamente. — Pelo menos não naquele dia... O porteiro daqui do hotel viu o senhor se dirigindo para a rua do Chalé do Teixo.

Dubois olhou bem para ele, depois desviou o olhar novamente, nervoso.

— Acho que não me lembro, inspetor.

— Quem sabe foi fazer uma visita à sra. Fortescue?

— Não — negou Dubois com veemência. — Não fui, não. Nem me aproximei da casa.

— Aonde foi, então?

— Ah, eu... eu desci a rua, fui até ao Três Pombos e depois dei meia volta e vim contornando os campos de golfe.

— Tem absoluta certeza de que não foi ao Chalé do Teixo?

— Absoluta, inspetor.

Neele sacudiu a cabeça.

— Ora, vamos, sr. Dubois — disse —, seria muito melhor que fosse franco conosco, sabe? Podia ter um motivo perfeitamente inocente para ir lá.

— Estou lhe dizendo que nem cheguei a ver sra. Fortescue naquele dia.

O inspetor levantou-se.

— Sabe, sr. Dubois — disse, amável —, acho que teremos que lhe pedir um depoimento, e o senhor faria bem em contar com a presença de um advogado ao prestar suas declarações. É um direito que lhe assiste.

O rosto de Dubois perdeu toda cor, transformando-se numa máscara de palidez doentia.

— O senhor está me ameaçando! — exclamou. — O senhor está me ameaçando!

— Não, não, nada disso — protestou Neele, escandalizado. — Não podemos fazer uma coisa dessas. Muito pelo contrário. Na realidade, quero lhe fazer ver que tem certos direitos.

— Pois eu lhe digo que não tive nada a ver com a história! Absolutamente nada!

— Ora, vamos, sr. Dubois. O senhor esteve no Chalé do Teixo por volta das quatro e meia da tarde daquele dia. Alguém viu o senhor pela janela, sabe?

— Estive apenas no jardim. Não entrei na casa.

— Não entrou? — perguntou Neele. — Tem certeza? Não passou pela porta lateral e subiu à sala particular da sra. Fortescue no segundo andar? Não esteve procurando algo na escrivaninha?

— Suponho que esteja com *elas* — retrucou Dubois, casmurro. — Então aquela boba da Adele guardou-as... ela me jurou que tinha queimado... Mas não significam nada do que o senhor pensa.

— Sr. Dubois, o senhor não vai querer negar que era um amigo muito *íntimo* da sra. Fortescue, vai?

— Não, claro que não. De que maneira, uma vez que o senhor tem as cartas? A única coisa que posso dizer é que não há necessidade de procurar algum significado sinistro nas entrelinhas. Ou será que pensa que nós... que ela... quisesse se livrar de Rex Fortescue? Santo Deus, eu não sou *dessa* espécie!

— Mas quem sabe ela era?

— Que absurdo — exclamou Dubois —, uma vez que também foi assassinada!

— Ah, pois é, lógico.

— Afinal, nada mais natural do que se deduzir que quem matou o marido foi a mesma pessoa que matou Adele, não é?

— Talvez. Sem dúvida. Mas existem outras explicações. Por exemplo (trata-se apenas de uma hipótese, sr. Dubois), é possível que a sra. Fortescue se livrasse do marido e que depois da morte dele ela se tornasse uma espécie de perigo para outra pessoa. Uma pessoa que talvez não a tivesse ajudado a fazer o que fez, mas que ao menos a encorajasse e fornecesse, digamos, o *motivo* para o crime. Ela poderia representar um perigo para essa pessoa, não é?

— O... o senhor não po-pode provar na-nada contra mim — gaguejou Dubois. — Não pode.

— Sabia que ela fez um testamento? — continuou o inspetor — Deixou todo o dinheiro dela para o senhor. Tudo o que possuía.

— Eu não quero esse dinheiro. Não quero nem um tostão.

— Evidente que não é muita coisa — frisou Neele. — Tem joias e algumas peles, mas imagino que em dinheiro haja pouquíssimo.

Dubois encarou-o, boquiaberto.

— Mas eu pensei que o marido...

Estacou de chofre.

— O senhor pensou, sr. Dubois? — retrucou Neele, agora numa voz metálica. — Que interessante. Será que conhecia os termos do testamento de Rex Fortescue...?

III

A segunda entrevista do inspetor no Golf Hotel foi com o sr. Gerald Wright, um rapaz magro, de aspecto intelectual e ar de superioridade. Neele reparou que tinha uma constituição bastante parecida com a de Vivian Dubois.

— Em que lhe posso ser útil, inspetor? — perguntou.

— Julguei que talvez pudesse nos fornecer uma pequena informação, sr. Wright.

— Informação? É mesmo? Não vejo como.

— Em relação ao que acaba de acontecer no Chalé do Teixo. Decerto já ouviu falar, não?

Neele pôs um pouco de ironia na pergunta. Wright sorriu, indulgente.

— Ouvir falar não é a expressão adequada — retrucou. — Parece que os jornais não têm outro assunto. Como nossa imprensa é incrivelmente sanguinária! Em que época vivemos! De um lado a fabricação de bombas atômicas, de outro os jornais se deleitando em noticiar homicídios brutais! Mas o senhor disse que tinha umas perguntas a fazer. Francamente, não posso imaginar quais sejam. Nada sei a respeito desse caso do Chalé do Teixo. Quando mataram o sr. Fortescue, eu até estava na Ilha do Homem.

— O senhor chegou aqui logo depois, não foi, sr. Wright? Tinha recebido um telegrama da srta. Elaine Fortescue, segundo creio.

— A polícia sempre sabe de tudo, não é? Sim, Elaine mandou me chamar. Vim imediatamente, lógico.

— E, ao que me consta, vão se casar em breve?

— Exato, inspetor. Espero que não faça objeções.

— Isso depende exclusivamente da srta. Elaine. Soube que a ligação entre ambos já data de certo tempo. De seis ou sete meses atrás, não é?

— Precisamente.

— O senhor e a srta. Elaine noivaram. O sr. Fortescue recusou seu consentimento, informando-lhe que se a filha casasse contra sua vontade, não tencionava dar-lhe nenhuma espécie de renda. Em consequência disso, ao que me consta, o senhor desfez o noivado e partiu.

Wright sorriu meio penalizado.

— Uma maneira muito rude de definir a situação, inspetor. Na realidade, fui vítima de minhas opiniões políticas. Rex Fortescue era o pior tipo do capitalista. Eu, naturalmente, não podia sacrificar minhas crenças políticas e convicções pelo dinheiro.

— Mas não tem objeções em casar com uma mulher que acaba de herdar cinquenta mil libras?

Wright deu um pequeno sorriso de satisfação.

— De modo algum, inspetor. O dinheiro será empregado em benefício da comunidade. Mas o senhor certamente não veio cá discutir minha situação financeira nem minhas convicções políticas, não é?

— Não, sr. Wright. Queria falar-lhe sobre uma simples questão de fato. Conforme sabe, a sra. Fortescue morreu em resultado de envenenamento por cianureto na tarde de 5 de novembro. Como o senhor esteve nas proximidades do Chalé do Teixo naquela tarde, julguei possível que talvez tivesse visto ou ouvido algo que se relacionasse com o caso.

— E o que o leva a crer que estive, como diz, nas proximidades do Chalé do Teixo naquela ocasião?

— Sr. Wright, o senhor saiu deste hotel às quatro e quinze daquela tarde. E se encaminhou na direção do Chalé do Teixo. A dedução lógica é que estava indo para lá.

— Eu pensei em fazer isso — disse Wright —, mas cheguei à conclusão de que não valia a pena. Já tinha combinado me encontrar com a srta. Elaine... com Elaine... às seis horas no hotel. Fui dar um passeio por uma estrada que sai da rua principal e voltei ao Golf Hotel antes das seis. Elaine não apareceu na hora marcada. O que me parece perfeitamente natural, em vista do que aconteceu.

— Alguém viu o senhor durante esse passeio, sr. Wright?

— Acho que alguns carros passaram por mim na rua. Não vi ninguém que eu conhecesse, se é isso que quer dizer. A estrada é pouco mais que uma trilha de carroças e lamacenta demais para automóveis.

— Portanto, desde a hora em que saiu do hotel às quatro e quinze até às seis, quando chegou de volta, conto apenas com sua palavra para saber onde o senhor estava?

Wright continuou a sorrir com ar de superioridade.

— É muito penoso para nós dois, inspetor, mas que se pode fazer?

— Então, se alguém disse que ao olhar pela janela de uma escada viu o senhor no jardim do Chalé do Teixo mais ou menos às quatro e meia... — fez uma pausa, deixando a frase no ar.

Wright arqueou a sobrancelha e sacudiu a cabeça.

— A essa hora a visibilidade devia estar péssima — observou.
— Acho difícil que alguém pudesse ter certeza.

— Conhece o sr. Vivian Dubois, que também está hospedado aqui?

— Dubois. Dubois? Não, creio que não. É aquele sujeito alto e moreno que gosta de andar com sapatos de camurça?

— É. Ele também foi dar um passeio naquela tarde, e também saiu do hotel e passou pelo Chalé do Teixo. Por acaso não cruzou com ele na rua?

— Não. Não. Tenho a impressão de que não.

Pela primeira vez, Gerald Wright parecia um pouco apreensivo.

— Realmente, não era uma tarde muito boa para passeios — disse Neele, pensativo —, ainda mais depois de escurecer, numa estrada lamacenta. É curioso como todo mundo parecia estar com vontade de caminhar.

IV

Ao voltar à casa, Neele foi recebido pelo sargento Hay com visível satisfação.

— Descobri o que o senhor queria saber sobre os melros, inspetor — disse.

— Ah é?

— Sim, senhor, estavam numa torta fria. Deixaram a torta para a ceia de domingo. Alguém pegou a tal torta na despensa ou sei lá onde. Tiraram a crosta, a carne e o presunto que havia dentro, e o que é que o senhor acha que botaram no lugar? Uns melros podres que apanharam no galpão do jardineiro. Que coisa mais horrível, não é?

— "Uma torta tão bonita não faria o rei vibrar?" — retrucou Neele.

E saiu, deixando o sargento Hay boquiaberto.

18

I

— Espere um instantinho — pediu a sra. Ramsbottom. — Esta paciência tem que dar certo.

Mudou um rei e outras cartas que atrapalhavam para um espaço vazio, colocou um sete vermelho em cima de um oito preto, enfileirou o quatro, o cinco e o seis de espadas numa sequência, deslocou rapidamente algumas outras e depois recostou-se na cadeira com um suspiro de satisfação.

— Consegui — exclamou. — Nem sempre é fácil.

Ainda na mesma posição, levantou os olhos para a moça parada perto da lareira.

— Então, você é a mulher do Lance — disse.

Pat, que a sra. Ramsbottom mandara chamar lá em cima, confirmou com a cabeça.

— Sou — respondeu.

— Você é bem alta — continuou a sra. Ramsbottom —, e parece saudável.

— Tenho muita saúde.

A sra. Ramsbottom sacudiu a cabeça, satisfeita.

— A mulher do Percival é pálida — disse. — Come muito doce e não faz muito exercício. Bem, sente-se, minha filha, sente-se. Onde conheceu meu sobrinho?

— Lá no Quênia, quando passei uns tempos na casa de uns amigos.

— Soube que já foi casada antes.
— Sim. Duas vezes.
A sra. Ramsbottom fungou fundo.
— Divorciada, no mínimo.
— Não — respondeu Pat, com a voz meio trêmula. — Ambos... morreram. Meu primeiro marido era piloto de caça. Foi morto na guerra.
— E o segundo? Deixe-me ver... alguém me contou. Suicidou-se, não?
Pat confirmou.
— Por sua causa?
— Não — respondeu Pat. — Por minha causa, não.
— Era corredor de automóveis, não era?
— Sim.
— Nunca assisti a uma corrida em toda a minha vida — disse a sra. Ramsbottom. — Apostas e jogo de cartas... tudo artimanhas do diabo!
Pat não retrucou.
— Eu não entraria num teatro ou num cinema — disse a sra. Ramsbottom. — Bem, que se há de fazer, hoje em dia esse mundo está perdido mesmo. Uma porção de perdições andava acontecendo aqui nessa casa. Mas Deus fulminou todas.
Pat continuou achando difícil fazer comentários. Perguntou-se se a tia Effie de Lance estaria em seu juízo perfeito. Mas ficou um pouco desconcertada com o olhar penetrante que a velha lhe lançou.
— O que é que você sabe sobre a família para a qual você entrou pelo casamento?
— Suponho que tanto quanto se possa saber — respondeu Pat.
— Hum, não deixa de ter razão. Bem, vou lhe dizer o seguinte. Minha irmã foi uma boba, meu cunhado, um patife, Percival, um safado, e o seu Lance sempre foi a ovelha negra da família.
— Acho que a senhora está dizendo tolices — retrucou Pat, com dureza.

— Talvez — concordou a sra. Ramsbotom, inesperadamente.
— A gente não deve pôr rótulos em ninguém. Mas não menospreze Percival. Existe uma tendência a acreditar que aqueles que se classificam como bons também são burros. Percival não tem nada de burro. Ele é bem inteligente, de uma maneira meio hipócrita. Nunca gostei dele. Note-se que não *confio* em Lance, nem *aprovo* o que faz, mas não posso deixar de *gostar* dele... É o tipo de sujeito temerário... sempre foi. Você precisa cuidar para que ele não ultrapasse os limites. E diga-lhe para não menosprezar o Percival, meu bem. Que não acredite em nada que Percival disser. Nessa casa, todo mundo mente. — A velha acrescentou com satisfação: — O fogo e o enxofre serão a sua sina.

II

Neele estava terminando de telefonar para a Scotland Yard.
— Acho que podemos obter essa informação para você... — disse o comissário-adjunto do outro lado da linha —, enviando circulares a várias casas de saúde particulares. Claro, também, que ela pode ter morrido.
— Não seria de estranhar. Já faz muito tempo.
"Os pecados antigos sempre deixam marcas", tinha dito a sra. Ramsbottom, com um ar significativo, inclusive, como se estivesse lhe dando uma indicação.
— A hipótese é fantástica — disse o comissário-adjunto.
— Eu sei, comissário. Mas acho que não posso ignorá-la por completo. Há tanta coisa que encaixa...
— Sim, sim... o centeio... os melros... o nome do sujeito.
— Também estou me concentrando noutras possibilidades — explicou Neele. — Dubois é uma... tal como Wright... Gladys podia tê-los visto do lado de fora, pela porta lateral... deixado a

bandeja do chá no sagão e saído para ver quem era e o que estavam fazendo... seja lá quem fosse, pode tê-la estrangulado ali mesmo e depois arrastado o corpo até o varal e colocado o prendedor no nariz dela...

— Que coisa mais doida fazer isso de propósito! Horrenda, também.

— Pois é. Foi isso que indignou a velhota... a Miss Marple, quero dizer. Uma velha simpática... e muito viva. Ela se mudou para a casa... para ficar perto da sra. Ramsbottom... e não tenho dúvidas de que ficará sabendo de tudo o que se passa por lá.

— Que é que você vai fazer agora, Neele?

— Falar com os advogados em Londres. Quero descobrir mais coisas sobre os negócios de Rex Fortescue. E, apesar de ser uma história já antiga, ouvir coisas sobre a Mina dos Melros.

III

O sr. Billingsley, da firma Billingsley, Horsethorpe & Walters, era uma pessoa bem-educada, cuja discrição ficava em geral dissimulada por uma conduta ilusoriamente acessível. Tratava-se da segunda entrevista que o inspetor tinha com ele e nessa ocasião a discrição do sr. Billingsley estava bem menos perceptível que na anterior. A tripla tragédia do Chalé do Teixo o levara a abandonar a reserva profissional. Mostrava-se agora extremamente solícito em expor à polícia todos os fatos que sabia.

— Tudo isso é incrível — disse. — Simplesmente incrível. Não me lembro de nada semelhante em toda a minha carreira profissional.

— Francamente, sr. Billingsley — retrucou Neele —, nós precisamos de todo o auxílio que possamos conseguir.

— Meu caro inspetor, conte comigo. Terei o máximo prazer em ajudá-lo em tudo o que puder.

— Em primeiro lugar, quero perguntar-lhe até que ponto conhecia o falecido sr. Fortescue e estava informado sobre os negócios da firma.

— Conheci Rex Fortescue muito bem. Isso significa que estive em contato com ele durante um período de... 16 anos, mais ou menos. Note-se que não somos a única firma de advogados a quem ele recorreu, muito pelo contrário.

Neele concordou com a cabeça. Já sabia disso. Billingsley, Horsethorpe e Walters eram o que se poderia descrever como os advogados respeitáveis de Rex Fortescue. Para seus negócios mais escusos, recorria a várias firmas diferentes e ligeiramente menos escrupulosas.

— O que é que o senhor quer saber agora? — continuou o sr. Billingsley. — Já lhe falei do testamento dele. O sr. Percival Fortescue é o legatário do restante.

— Estou interessado agora no testamento da viúva — explicou Neele. — Com a morte do sr. Fortescue, ela herdou a soma de cem mil libras, não foi?

O sr. Billingsley confirmou com a cabeça.

— Uma importância considerável — disse —, e posso declarar-lhe confidencialmente, inspetor, que a firma teria dificuldades para pagá-la.

— Quer dizer, então, que a situação deles não é boa?

— Para falar com franqueza, e só entre nós — respondeu o sr. Billingsley —, vai de mal a pior e isso há um ano e meio, já.

— Existe algum motivo especial?

— Claro que sim. Eu diria que o motivo era o próprio Rex Fortescue. Durante o último ano, ele começou a se comportar feito louco. Vendia coisas que não tinha necessidade de vender, especulava em negócios duvidosos, fanfarroneando o tempo todo da maneira mais incrível. Não ouvia conselhos de ninguém. Percival... o filho, sabe?... Veio aqui, insistindo para que eu usasse de minha influência com o pai. *Ele* tinha tentado, pelo visto, sem o menor resultado. Bem, fiz o que pude, mas Fortescue não me deu ouvidos. Parecia até outro homem.

— Mas não creio que andasse deprimido, não? — perguntou Neele.

— Não, não. Muito pelo contrário. Espalhafatoso, bombástico.

Neele concordou com a cabeça. Acabava de reforçar uma ideia que já tinha tomado forma em seu cérebro. Achou que começava a compreender algumas das causas de atrito entre Percival e o pai. O sr. Billingsley continuou:

— Mas não adianta me perguntar sobre o testamento da esposa. Não fiz nenhum testamento para ela.

— Não. Eu já sabia — disse Neele. — Estou apenas constatando que tinha alguns bens para deixar. Cem mil libras, em suma.

O sr. Billingsley sacudiu violentamente a cabeça.

— Não, não, meu caro. Aí é que o senhor se engana.

— Quer dizer que as cem mil libras só ficariam para ela enquanto fosse viva?

— Não, não... ficavam definitivamente para ela. Mas havia uma cláusula no testamento regularizando essa doação. Isso significa que a esposa de Fortescue não herdaria essa soma a não ser que sobrevivesse um mês à morte do marido. O que, devo acrescentar, é uma cláusula muito comum hoje em dia. Passou a ser adotada devido às incertezas das viagens aéreas. Se duas pessoas morrem num desastre de aviação, torna-se extremamente difícil precisar quem foi o sobrevivente, dando origem a uma série de problemas legais muito complicados.

Neele o olhava, espantado.

— Então, Adele Fortescue não tinha cem mil libras para deixar para ninguém. O que acontece com esse dinheiro?

— Volta para a firma. Ou melhor, diria eu, para o legatário do restante.

— O sr. Percival Fortescue.

— Exatamente — disse o sr. Billingsley —, volta para o sr. Percival Fortescue. E do jeito que vão os negócios da firma — acrescentou, incauto —, eu diria que bem que ele está precisando!

IV

— As coisas que vocês da polícia querem saber — disse o médico amigo do inspetor Neele.

— Vamos, Bob, desembuche.

— Bem, felizmente estamos sozinhos e você não pode dizer que fui eu quem lhe disse! Mas sabe, tenho a impressão de que sua ideia está absolutamente certa. Tudo indica que o homem estava demente. A família desconfiou e quis que consultasse um médico, mas ele se recusou. Os sintomas são exatamente os que você descreveu. Falta de discernimento, megalomania, violentos acessos de irritação e fúria, bazófia, delírios de grandeza, de ser um grande gênio das finanças. Qualquer pessoa que sofra disso leva logo uma firma próspera à falência... a não ser que se possa refreá-lo... o que não é tão fácil assim, ainda mais se o próprio sujeito percebe o que se quer fazer. É... eu diria que os seus amigos até tiveram sorte que ele morresse.

— Não são meus amigos — disse Neele. E repetiu o que já tinha dito antes: — *São todos muito antipáticos...*

19

A FAMÍLIA FORTESCUE ESTAVA TODA REUNIDA na sala de visitas do Chalé do Teixo. Percival Fortescue, apoiado à lareira, dirigia-se ao grupo.

— Está tudo muito certo — disse. — Mas a situação é extremamente insatisfatória. A polícia vem e vai e não nos informa nada. É de se supor que andem investigando alguma pista. Enquanto isso, fica tudo parado. Não se podem fazer planos, nem providenciar coisas para o futuro.

— Nunca vi tanta falta de consideração — disse Jennifer — e tanta burrice.

— Parece que continua em vigor a proibição de se afastar da casa — prosseguiu Percival. — Mesmo assim, acho que poderíamos debater entre nós o que se pretende fazer. E você, Elaine? Imagino que vá se casar... como é o nome dele?... Gerald Wright? Já sabe quando?

— O mais breve possível — respondeu Elaine.

Percival franziu a testa.

— Daqui a seis meses, quer dizer?

— Nada disso. Para que esperar tanto tempo assim?

— Acho que seria mais decente — disse Percival.

— Que besteira — retrucou Elaine. — Um mês. É o máximo que podemos esperar.

— Bom, você é quem sabe — disse Percival. — E já tem planos para depois do casamento?

— Estamos pensando em abrir uma escola.

Percival sacudiu a cabeça.

— Isso atualmente é muito arriscado. Com a falta de empregados domésticos, a dificuldade de conseguir reunir um grupo de professores adequados... francamente, Elaine, a ideia é muito boa, mas eu, se fosse você, pensaria duas vezes antes de pô-la em prática.

— Já pensamos. Gerald acha que todo o futuro desse país depende da educação certa.

— Vou falar com o sr. Billingsley depois de amanhã — disse Percival. — Temos que tratar de várias questões financeiras. Ele sugeriu que você aplicasse o dinheiro que papai deixou num fundo para você e seus filhos. É o tipo da coisa acertada que se deve fazer hoje em dia.

— Não vou fazer nada disso — retrucou Elaine. — Vamos precisar do dinheiro para abrir nossa escola. Soubemos que há uma casa muito apropriada à venda na Cornualha. Tem jardins lindos e a construção é sólida. Mas necessita de reformas... e ampliações.

— Quer dizer... quer dizer que vai retirar todo o seu dinheiro da firma? Francamente, Elaine, eu acho que você não está agindo direito.

— Pois eu acho muito melhor retirar do que deixar lá — disse Elaine. — Os negócios estão indo de mal a pior. Você mesmo disse, Val, antes de papai morrer, que as coisas não andavam nada boas.

— Pode ser que tenha dito — retrucou Percival, vagamente —, mas você tem que reconhecer, Elaine, que retirar todo o seu capital e enterrá-lo na compra, aparelhagem e funcionamento de uma escola é uma verdadeira loucura. Se não der certo, o que acontece? Você fica sem nada.

— Mas vai dar certo — afirmou Elaine, tenaz.

— Também acho — Lance, escarrapachado numa poltrona, se intrometeu na conversa, encorajando a irmã. — Arrisque, Elaine. Na minha opinião, vai ser uma escola meio maluca, mas é o que você quer... você e o Gerald. Se perder seu dinheiro, pelo menos fica com a satisfação de ter feito o que queria fazer.

— Não se podia esperar outra coisa de você, Lance — observou Percival, causticamente.

— Eu sei, eu sei — disse Lance. — Sou o filho pródigo perdulário. Mas ainda acho que aproveitei mais a vida que você, meu velho.

— Depende do que você entende por aproveitar — retrucou Percival, friamente. — Por falar nisso, quais são os seus planos, Lance? Pretende partir de novo para o Quênia... ou para o Canadá... ou vai escalar o Everest ou qualquer coisa fantástica assim?

— Ué, que ideia é essa?

— Ora, você nunca foi muito a favor da vida doméstica inglesa, foi?

— A gente muda à medida que envelhece — disse Lance.

— Só se quer saber de segurança.

— Olhe, Percy, estou até disposto a tentar me transformar num respeitável homem de negócios.

— Quer dizer que...

— Vou entrar para a firma, meu velho. — Lance sorriu. — Ah, claro que você será o sócio prioritário. Você ficou com a parte do leão. Sou apenas um sócio secundário. Mas *tenho* ações nela que me dão direito de participar das decisões, não tenho?

— Bem... sim... claro, se é assim que você quer. Mas posso lhe garantir, meu caro, que você vai se aborrecer mortalmente.

— Não sei, não. Acho que não.

Percival franziu a testa.

— Você não está falando sério, está, Lance? Pretende entrar mesmo para a firma?

— Para me meter em tudo? É exatamente o que vou fazer.

Percival sacudiu a cabeça.

— As coisas andam péssimas, sabe? Você vai ver. Se tivermos que pagar a parte de Elaine, como ela insiste, ficaremos praticamente falidos.

— Está vendo, Elaine? — disse Lance. — Viu como você foi sabida em insistir para receber o dinheiro enquanto ele ainda existe?

— Francamente, Lance — reclamou Percival, irritado —, essas suas piadas são de muito mau gosto.

— De fato, Lance, eu também acho que você devia ter mais cuidado com o que diz — concordou Jennifer.

Sentada um pouco distante, perto da janela, Pat analisava-os um a um. Se Lance pretendia irritar o irmão, não havia dúvida de que estava conseguindo. A impassividade perfeita de Percival tinha ficado bem abalada.

— Está falando sério, Lance? — retrucou novamente, zangado.

— Seriíssimo.

— Não vai dar certo, sabe? Você vai logo se fartar daquilo.

— Eu não. Pense só que ótima mudança será para mim. Um escritório na cidade, datilógrafas pra cá e pra lá. Vou ter uma secretária loura que nem a srta. Grosvenor... é Grosvenor, não é? Garanto que você já tomou conta dela. Mas não faz mal, eu consigo outra igual. "Sim, sr. Lancelot; não, sr. Lancelot. Seu chá, sr. Lancelot."

— Ah, deixe de bobagem — retrucou Percival.

— Para que essa brabeza, meu caro? Não se alegra por contar agora comigo para dividir seus problemas na cidade?

— Você não tem a mínima ideia da confusão em que vai se meter.

— Não tenho, não. Você terá que me explicar tudo.

— Em primeiro lugar, precisa compreender que durante os últimos seis meses... não, mais, um ano, papai não era mais o mesmo. Fez coisas incrivelmente tolas, financeiramente falando. Vendeu ações que não devia vender, adquiriu várias que não valiam nada. Às vezes chegava até a botar dinheiro fora. Pode-se dizer que só pelo prazer de gastar.

— Em suma — disse Lance —, até foi bom para a família que botassem taxina no chá dele.

— Que comentário mais horrível... mas no fundo você não deixa de ter razão. Foi praticamente a única coisa que nos salvou da falência. Teremos que ser extremamente conservadores e proceder com muita cautela durante certo tempo.

Lance sacudiu a cabeça.

— Não concordo. A cautela nunca fez bem a ninguém. A gente tem que arriscar, ousar. Tentar grandes negócios.

— De maneira alguma — discordou Percivlal. — Cautela e economia. Esse terá que ser o nosso lema.

— Não o meu — retrucou Lance.

— Lembre-se de que você será apenas o sócio minoritário — frisou Percival.

— Está bem, está bem. Mas mesmo assim também tenho direito de dar opinião.

Percival pôs-se a andar de um lado para outro, agitado.

— Não adianta, Lance. Eu gosto de você e tudo mais...

— Gosta mesmo? — interrompeu Lance, mas Percival não lhe deu atenção.

— ...porém, realmente acho que não vai dar certo. Nossos pontos de vista são totalmente diferentes.

— O que talvez seja uma vantagem — lembrou Lance.

— A única coisa sensata — continuou Percival — é desfazer a sociedade.

— Você compra a minha parte... é essa a ideia?

— Meu caro, é a única coisa sensata a fazer, já que nossas ideias são tão divergentes.

— Se acha tão difícil pagar a herança de Elaine, como é que vai conseguir pagar a minha parte?

— Bem, eu não tencionava pagar em dinheiro — disse Percival. — Nós poderíamos... hum... dividir as ações.

— Você ficando com as boas e eu, no mínimo, me contentando com o que você conseguisse apurar das outras, não é?

— Me parece que você sempre preferiu assim — disse Percival.

Lance de repente sorriu.

— De certo modo você tem razão, meu velho. Só que não posso fazer unicamente o que quero. Tenho que pensar aqui na Pat.

Os dois se viraram para ela. Pat abriu a boca, mas logo tornou a fechá-la. Fosse qual fosse o jogo que Lance estava jogando, era melhor não interferir. Não restava dúvida de que devia ser algo especial, mas ainda não tinha muita certeza do verdadeiro alvo que ele visava.

— Vá enumerando-as, Percy — disse Lance, rindo. — As Minas de Diamante Bogus, os Rubis Inacessíveis, as Concessões de Petróleo que não têm petróleo nenhum. Pensa que sou tão trouxa quanto pareço?

— Claro que algumas dessas ações são extremamente especulativas — concordou Percival —, mas não se esqueça de que *podem* se tornar imensamente valiosas.

— Mudou de chapa, hein? — retrucou Lance, sorrindo. — Agora vai me oferecer as últimas aquisições duvidosas de papai, bem como a velha Mina dos Melros e coisas do mesmo gênero. Por falar nisso, o inspetor não andou perguntando nada a você a propósito dessa tal mina?

Percival franziu a testa.

— Andou, sim. Não sei a troco de quê. Não pude informar grande coisa. Na época você e eu éramos pequenos. Só me lembro vagamente que papai foi até lá e voltou dizendo que aquilo não valia nada.

— O que era... uma mina de ouro?

— Creio que sim. Papai voltou absolutamente certo de que não havia ouro lá. E note-se que ele não era do tipo de homem que se engana.

— Quem o meteu nisso? Um sujeito chamado MacKenzie, não foi?

— Foi. MacKenzie morreu lá.

— MacKenzie morreu lá — repetiu Lance, pensativo. — Não houve uma cena terrível? Parece que me lembro... A sra. MacKenzie, não foi? Veio aqui. Gritou e esbravejou contra papai. Rogou-lhe tudo quanto foi praga. Se não me engano, acusou-o de lhe ter assassinado o marido.

— Francamente — disse Percival, em tom de censura. — Não me lembro de nada disso.

— Pois eu me lembro — insistiu Lance. — Eu era muito menor que você, lógico. Talvez fosse por isso que a coisa me impressionou tanto. Para uma criança, aquilo estava cheio de drama. Onde ficava a Melros? Na África Ocidental, não é?

— É, acho que sim.

— Preciso dar um jeito de examinar a concessão quando for lá no escritório — disse Lance.

— Pode ficar certo — retrucou Percival — que papai não se enganou. Se ele voltou dizendo que não havia ouro lá, é porque não havia mesmo.

— Você provavelmente tem razão — concordou Lance. — Pobre sra. MacKenzie. O que será que aconteceu com ela e com aquelas duas crianças que vieram junto. Engraçado... agora já devem estar grandes.

20

NA CASA DE SAÚDE PARTICULAR DE PINEWOOD, o inspetor Neele, sentado na sala de visitas, se defrontava com uma senhora idosa de cabelos grisalhos. Helen MacKenzie tinha 63 anos, embora aparentasse menos. Seus olhos eram azuis claros, meio apáticos, e o queixo possuía uma fragilidade indefinida. O largo lábio superior de vez em quando tremia. Segurava no colo um livro grande, do qual não despregava o olhar enquanto Neele lhe falava. Ele não tirava da cabeça a conversa de poucos minutos atrás com o dr. Crosbie, diretor do hospital.

— Ela se internou aqui voluntariamente — explicou o dr. Crosbie. — Ninguém a recolheu.

— Não é perigosa, então?

— De maneira alguma. Na maior parte do tempo, conversa lucidamente como o senhor ou eu. Agora está numa de suas boas fases, de modo que poderá conversar normalmente com ela.

Mantendo isso presente, Neele iniciou sua primeira tentativa de contato.

— A senhora foi muito amável em me receber — disse. — Meu nome é Neele. Vim lhe falar a respeito de um tal sr. Fortescue, que faleceu recentemente. Sr. Rex Fortescue. Creio que a senhora o conhecia.

Os olhos da sra. MacKenzie continuaram fixos no livro.

— Não sei do que o senhor está falando — disse.

— Sr. Fortescue, senhora. Sr. Rex Fortescue.

— Não — repetiu a sra. MacKenzie. — Não. Absolutamente.

Neele sentiu uma leve decepção. Perguntou-se se seria aquilo que o dr. Crosbie definia como completamente normal.

— Tenho a impressão, sra. MacKenzie, de que a senhora o conheceu há muitos anos.

— Nem tanto assim — retrucou ela. — Foi ontem.

— Compreendo — disse Neele, recaindo meio inseguro na sua expressão favorita. — Me parece — continuou —, que a senhora lhe fez uma visita há muitos anos, na residência dele, o Chalé do Teixo.

— Uma casa muito pretensiosa.

— Sim, pode-se dizer. Creio que ele andava fazendo negócios com o seu marido por causa de uma certa mina na África. Creio que se chamava Mina dos Melros.

— Preciso ler meu livro — disse a sra. MacKenzie. — Não tenho muito tempo e preciso ler meu livro.

— Sim, senhora. Compreendo perfeitamente. — Houve uma pausa, depois o inspetor prosseguiu: — O sr. MacKenzie e o sr. Fortescue partiram juntos para a África para examinar a mina.

— A mina era do meu marido — disse ela. — Foi ele quem a descobriu e registrou no nome dele. Mas necessitava de dinheiro para explorá-la. Então procurou Rex Fortescue. Se eu soubesse, se fosse mais esperta, não teria deixado.

— Claro que não, compreendo. Mas, como ia dizendo, eles foram juntos para a África, onde seu marido morreu de febre.

— Tenho que ler meu livro — repetiu a sra. MacKenzie.

— A senhora acha que o sr. Fortescue logrou seu marido por causa da Mina dos Melros, sra. MacKenzie?

Sem levantar os olhos de cima do livro, a sra. MacKenzie respondeu:

— Como o senhor é burro.

— Sim, sim, acho que sou... Mas tudo aconteceu há tanto tempo, compreende, que averiguar uma coisa que terminou há tantos anos se torna muito difícil.

— Quem foi que disse que terminou?

— Ah... A senhora acha que não terminou?
— *Nenhuma questão fica resolvida enquanto não for resolvida direito.* Quem disse isso foi Kipling. Hoje em dia ninguém mais lê Kipling, mas ele foi um grande homem.
— Julga que a questão ficará resolvida direito qualquer dia desses?
— Rex Fortescue morreu, não morreu? O senhor disse que sim.
— Foi envenenado — disse Neele.
A sra. MacKenzie, da maneira mais desconcertante, soltou uma risada.
— Que asneira — disse —, ele morreu de febre.
— Estou falando do sr. Rex Fortescue.
— Eu também. — Ergueu de repente a cabeça e fixou os olhos azuis claros nos dele. — Deixe disso — disse —, ele morreu na cama, não morreu? Não morreu na cama?
— Ele morreu no St. Jude Hospital — respondeu o inspetor.
— Ninguém sabe onde meu marido morreu — disse a sra. MacKenzie. — Ninguém sabe como foi que ele morreu nem onde foi enterrado... A única coisa que se sabe é o que Rex Fortescue *disse*. E Rex Fortescue era um mentiroso!
— A senhora acha que pode ter havido alguma traição?
— Traição, traição, ovos não se comem com facão, não é?
— Julga que Rex Fortescue fosse responsável pela morte de seu marido?
— Hoje de manhã, eu comi um ovo no café — disse ela. — Bem fresco, por sinal. É incrível, não é, quando a gente pensa que tudo aconteceu trinta anos atrás?
Neele respirou fundo. Parecia improvável que pudesse chegar a algum resultado dessa maneira, mas não desanimou.
— Alguém pôs melros mortos em cima da escrivaninha de Rex Fortescue alguns meses antes dele morrer.
— Que interessante. Que coisa mais interessante.
— A senhora não tem nenhuma ideia de quem poderia ter sido?

— Ideias não resolvem nada. O que é preciso é ação. Eu criei os dois para isso, sabe? Para entrar em ação.

— Refere-se a seus filhos?

Ela confirmou logo com a cabeça.

— Sim, Donald e Ruby. Tinham nove e sete anos e ficaram sem o pai. Contei a eles. Repetia todos os dias. Obriguei-os a jurar todas as noites.

Neele se curvou para a frente.

— A jurar o quê?

— Que o matariam, lógico.

— Compreendo — disse o inspetor Neele, como se fosse o comentário mais natural desse mundo. — E eles o mataram?

— Donald foi para Dunquerque. Nunca mais voltou. Me mandaram um telegrama dizendo que tinha morrido. "Lamentamos profundamente morto em ação." Ação, está vendo? O tipo errado de ação.

— Sinto muito, senhora. E sua filha?

— Não tenho nenhuma filha.

— A senhora acaba de falar nela — insistiu Neele. — A sua filha Ruby.

— Ruby. Ah é, Ruby. — Curvou-se para a frente. — Sabe o que eu fiz com ela?

— Não, senhora. O que foi?

— Veja aqui no livro — cochichou ela de repente.

Viu então que o livro que a sra. MacKenzie estava segurando no colo era uma Bíblia. Uma Bíblia muito velha e, ao abri-la, na primeira página, Neele encontrou vários nomes escritos. Era, evidentemente, uma Bíblia de família, onde se mantivera o antigo costume de registrar cada novo nascituro. O magro dedo indicador da sra. MacKenzie apontou para os dois últimos nomes. "Donald MacKenzie", com a data do nascimento dele, e "Ruby MacKenzie", com a data do nascimento dela. Mas havia um risco grosso em cima do nome de Ruby MacKenzie.

— Está vendo? Risquei-a do livro. Eliminei-a para sempre! O anjo do Juízo Final não vai achar o nome dela aí.

— A senhora eliminou o nome dela? Mas por quê?

A sra. MacKenzie o olhou com expressão astuta.

— O senhor sabe por quê — respondeu.

— Não sei, não. Francamente, senhora, não sei, não.

— Ela não cumpriu a promessa. O senhor sabe que ela não cumpriu a promessa.

— E onde é que ela está agora?

— Já lhe disse. Não tenho filha. Não existe mais nenhuma pessoa chamada Ruby MacKenzie.

— Quer dizer que ela morreu?

— Morreu? — A mulher de repente riu. — Seria melhor para ela que tivesse morrido. Muito melhor. Muito, muito melhor. — Suspirou e se remexeu inquieta no assento. Depois, readotando uma espécie de cortesia formal, disse: — Sinto muito, mas eu de fato acho que não posso falar mais com o senhor. O senhor vê, o tempo passa muito depressa, e eu *tenho* que ler meu livro.

E recusou-se a responder as novas perguntas de Neele. Limitou-se a fazer um leve gesto de aborrecimento e continuou a ler a Bíblia, seguindo com o dedo a linha de cada versículo.

Neele levantou-se e foi embora. Teve outra rápida entrevista com o diretor.

— Nenhum parente vem visitá-la? — perguntou. — A filha, por exemplo?

— Creio que a filha costumava visitá-la na época do meu predecessor, mas a paciente ficava sempre tão agitada que a aconselhei a não vir mais. Desde então tudo passou a ser tratado por intermédio dos advogados.

— E não sabe do paradeiro atual de Ruby MacKenzie?

O diretor sacudiu a cabeça.

— Não tenho a mínima ideia.

— Nem se ela é casada, por exemplo?

— Não. A única coisa que posso fazer é lhe dar o endereço dos advogados que tratam de tudo conosco.

Neele já tinha localizado esses advogados. Não puderam, ou disseram que não podiam, dizer-lhe nada. Administravam um fundo de garantia instituído em benefício da sra. MacKenzie. As providências tinham sido tomadas há alguns anos e depois disso nunca mais haviam visto a srta. MacKenzie.

Neele tentou conseguir uma descrição de Ruby MacKenzie, mas os resultados não foram animadores. Tantos parentes vinham visitar os pacientes que ao cabo de certo número de anos era fatal que fossem lembrados vagamente, o aspecto de um confundindo-se com o aspecto de outro. A superintendente, que já trabalhava lá há muito tempo, parecia lembrar-se de que a srta. MacKenzie era baixa e morena. A única enfermeira que se podia chamar de veterana dizia que era corpulenta e loura.

— De maneira que a coisa está nesse pé, comissário — disse Neele ao terminar o relatório perante o comissário-adjunto. — Tudo encaixa com aqueles versos malucos. *Devem* significar algo.

O comissário-adjunto concordou com a cabeça, pensativo.

— Os melros da torta coincidindo com a Mina dos Melros, centeio no bolso do morto, pão e mel com o chá de Adele Fortescue... não que isso seja conclusivo. Afinal de contas, qualquer pessoa pode comer pão com mel na hora do chá! O terceiro crime, aquela moça estrangulada perto de um varal e com um pregador de roupa apertado no nariz. É, por mais louca que a história pareça, certamente não pode ser ignorada.

— Espere aí, chefe! — exclamou Neele.

— Que foi?

Neele tinha franzido a testa.

— O que o senhor acaba de dizer, sabe? Parecia que não estava certo. Tinha um erro qualquer. — Sacudiu a cabeça e suspirou. — Não. Não consigo localizar.

21

I

Lance e Pat perambulavam pelos jardins bem cuidados que cercavam o Chalé do Teixo.

— Espero que não fique magoado, Lance — murmurou Pat —, se eu disser que esse é praticamente o jardim mais antipático que já vi.

— Não fico, não — retrucou Lance. — É mesmo? Francamente, não sei. Parece que tem três jardineiros trabalhando nele o tempo todo.

—Vai ver que é por isso, então — disse Pat. — Não poupam despesas, não há sinais de nenhum gosto pessoal. Todos os rododendros certos e no mínimo também todos os canteiros semeados na estação apropriada.

— Bem, mas o que é que *você* plantaria num jardim inglês, Pat, se tivesse um?

— O meu jardim teria malva-rosas, ranúnculos e campânulas, nenhum canteiro nem esses teixos hediondos.

Lançou um olhar de desdém para as escuras sebes de teixo.

— Associação de ideias — disse Lance, tranquilamente.

— Há qualquer coisa de tremendamente assustador num envenenador — continuou Pat. — Quero dizer, deve ser uma mentalidade medonha, que só pensa em vingança.

— Então, é assim que você encara? Engraçado! Para mim, revela mais um espírito prático e sangue frio.

— Também acho que pode ser assim. — E depois, com um estremecimento de leve: — Em todo o caso, cometer *três* assassinatos... Seja lá quem for, *deve* ser louco.

— Pois é — concordou Lance, em voz baixa. — Creio que sim. — E aí, num desabafo veemente, exclamou: — Pelo amor de Deus, Pat, vá-se embora daqui. Volte para Londres. Vá para Devonshire ou lá para os lagos. Para Stratford-on-Avon ou então vá dar uma olhada nos rios de Norfolk. A polícia não há de se importar... você não teve nada a ver com tudo isso. Estava em Paris quando o velho foi morto e em Londres quando as outras duas morreram. Olhe, lhe digo uma coisa. Fico morto de medo só de ver você por aqui.

Pat fez uma pausa antes de perguntar, serena:

— Você sabe quem foi, não é?

— Não sei, não.

— Mas *acha* que sabe... É por isso que receia por mim... Eu gostaria de que me dissesse.

— Não posso lhe dizer. Não sei de nada. Mas, por Deus, você nem calcula como me alegraria vê-la longe daqui.

— Meu bem — disse Pat —, eu não vou embora, não. Vou ficar aqui. Para o que der e vier. Não há outro jeito. — E acrescentou, com uma súbita tristeza na voz: — Só que comigo sempre tudo sai mal.

— Que diabo você quer dizer com isso, Pat?

— Eu dou azar. É isso que eu quero dizer. Dou azar para todos que entram em contato comigo.

— Minha querida e adorável maluca, para mim você não deu. Veja só como depois que casei com você o velho mandou me chamar para voltar para casa e fazer as pazes com ele.

— Sim, e que aconteceu quando você chegou aqui? Estou dizendo, eu não dou sorte a ninguém.

— Olhe aqui, meu anjo, isso já está se tornando uma mania com você. É pura superstição. Nem mais nem menos.

— O que posso fazer? Há pessoas que dão azar. Eu sou uma delas.

Lance pegou-a pelos ombros e sacudiu-a com violência.

—Você é a minha Pat e estar casado com você é a maior sorte do mundo. Convença-se disso, sua boba. — Depois, acalmando-se, continuou numa voz mais sóbria: — Mas, falando sério, Pat, tome o máximo cuidado. Se há algum desequilibrado por aqui, não quero ver você na frente de uma bala...

— Ou caindo fulminada por algum veneno, como você diz.

— Quando eu não estiver aqui, não arrede o pé de perto daquela velha. Como é o nome dela? Marple. Por que é que você acha que tia Effie pediu para ela ficar aqui?

—Vá alguém saber por que é que tia Effie faz as coisas que faz. Lance, quanto tempo ainda teremos de ficar aqui?

Lance encolheu os ombros.

— É difícil dizer.

— Não creio que estejam muito contentes com nossa vinda — disse Pat. Hesitou antes de continuar. — A casa agora pertence ao seu irmão, não é? Ele não está muito satisfeito com nossa presença, ou está?

Lance de repente achou graça.

— Não está, não, mas, seja como for, vai ter que nos aguentar por algum tempo.

— E depois? Que faremos, Lance? Vamos voltar para a África Oriental, ou o quê?

—Você gostaria, Pat?

Ela confirmou com veemência.

— Que bom — disse Lance —, porque é o que eu também gostaria de fazer. Perdi quase todo o interesse por esse país.

O rosto de Pat se iluminou.

— Que ótimo. Pelo que você falou outro dia, eu estava com medo de que quisesse se radicar aqui.

Um brilho diabólico apareceu nos olhos de Lance.

— Não fale de nossos planos para ninguém, Pat — aconselhou ele. — Pretendo dar um bocado de trabalho ao meu querido irmão.

— Ah, Lance, tome cuidado.

— Eu vou tomar, meu anjo, mas não vejo por que o velho Percy sempre pode fazer tudo impunemente.

II

Com a cabeça meio inclinada para o lado, feito uma afável cacatua, Miss Marple estava sentada na ampla sala de visitas, escutando Jennifer Fortescue. A sua presença nessa sala parecia especialmente incongruente. Seu corpo magro não combinava com o vasto sofá de brocado em que se achava instalada entre uma série de almofadas multicores. Ela mantinha a postura ereta porque aprendera a usar encostos retos quando moça, em vez de se refestelar à vontade. Ao seu lado, numa poltrona grande, Jennifer, toda de preto, conversava garrulamente, pelos cotovelos. "Exatamente", pensou Miss Marple, "como a coitada da sra. Emmett, a mulher do gerente do banco." Lembrava-se como, um dia, a sra. Emmett tinha vindo lhe fazer uma visita para combinar os preparativos do Dia da Papoula e, uma vez resolvidos os detalhes preliminares, de repente se pusera a falar sem parar. A sra. Emmett ocupava uma posição meio difícil em St. Mary Mead. Não pertencia à velha guarda de senhoras que viviam precariamente nas casas bem-arrumadas em torno da igreja e conheciam intimamente todas as ramificações das famílias tradicionais, ainda que a rigor não o fossem. O sr. Emmett, o gerente do banco, casara indiscutivelmente com uma mulher de casta inferior, com o resultado de que a esposa se encontrava numa posição de grande solidão, já que não podia, naturalmente, conviver com as senhoras dos comerciantes locais. Manifestando-se odiosamente, o esnobismo isolara a sra. Emmett numa ilha de solidão permanente.

A necessidade de conversar, que foi aumentando no íntimo dela, naquele dia rompera todos os diques e Miss Marple recebera o pleno impacto da torrente. Sentira pena da sra. Emmett na ocasião e hoje sentia o mesmo em relação à Jennifer Fortescue.

Ela tinha passado por uma série de dissabores e o alívio de comentá-los com uma desconhecida, mais ou menos absoluta, era enorme.

— Claro que não gosto de me queixar — disse Jennifer. — Nunca fui desse gênero. O que sempre digo é que é preciso saber enfrentar as adversidades. A gente deve se conformar com o irremediável, e tenho certeza de que nunca disse uma palavra a *ninguém*. Não sei, mesmo, com quem eu *poderia* ter falado. De certo modo, vive-se muito isolada aqui... muito isolada. Claro que é conveniente e se economiza muito dispor de um conjunto de peças próprias nessa casa. Mas lógico que não se compara com um lugar que seja da gente mesmo. A senhora decerto concorda comigo, não?

Miss Marple fez que sim.

— Felizmente já estamos quase nos mudando para nossa casa nova. Agora só depende dos pintores e decoradores. Esses profissionais são tão lentos. Meu marido, é claro, gosta muito de morar aqui. Mas para um homem é diferente. É o que sempre digo... para um homem é sempre diferente. Não concorda?

Miss Marple concordou que era muito diferente para um homem. Isso ela podia dizer sem escrúpulos porque era de fato o que pensava. Os homens, na sua opinião, pertenciam a uma categoria totalmente diversa do seu próprio sexo. Exigiam dois ovos com bacon no café da manhã, três refeições bem-nutritivas por dia e nunca se devia contrariá-los nem discutir com eles, antes do jantar. Jennifer prosseguiu:

— A senhora vê, o meu marido passa o dia inteiro na cidade. Quando chega em casa, está exausto e quer se sentar para ler. Mas eu, pelo contrário, fico sozinha aqui sem *nenhuma* espécie de companhia agradável. Me sinto perfeitamente à vontade e tudo mais. A comida é ótima. Mas o que eu acho é que a gente necessita de um círculo de amizades que seja verdadeiramente simpático. As pessoas que moram por aqui, francamente, não são do meu tipo. Em parte, só pensam em fazer espalhafato e jogar bridge. Valendo *dinheiro*, lógico. Eu, como todo mundo, gosto de uma partidinha de vez em quando, mas é claro que por aqui o pessoal é riquíssimo e aposta quantias vultosíssimas, e bebe demais. Em suma, o gênero de vida que eu chamo realmente de frívolo. Além disso, lógico, há um punhado de... bem, a gente só pode chamá-las de *velhas bisbilhoteiras* que gostam de andar por aí de trolha em punho, tratando de jardinagem.

Miss Marple fez uma cara de quem tem culpa no cartório, pois também era jardineira inveterada.

— Não quero falar mal dos mortos — continuou Jennifer em seguida —, mas não resta dúvida de que o sr. Fortescue, digo, o meu sogro, fez um segundo casamento muito ridículo. A minha... bem, não posso chamá-la de minha sogra porque tinha a mesma idade que eu. A verdade, porém, é que era louca por homens. Completamente louca por eles. E como gastava! Meu sogro deixava que fizesse gato e sapato dele. Nem ligava para as contas que iam se avolumando. O Val ficava aborrecidíssimo. Ele é sempre muito cuidadoso em matéria de dinheiro. Detesta extravagâncias. E depois, quando o sr. Fortescue começou a se portar de um modo tão esquisito e mal-humorado, explodindo em ataques de raiva, botando dinheiro fora feito água, nos planos mais loucos... Vou lhe contar... Não foi nada agradável.

Miss Marple arriscou-se a um comentário:

— Isso também deve ter preocupado seu marido, não?

— Como não. No ano passado, o Val andou preocupadíssimo mesmo. Tornou-se outro. Até comigo, sabe, mudou de atitude. Às vezes, eu falava com ele e ele nem respondia. — Jennifer suspirou, e depois continuou: — A Elaine, sabe, a minha cunhada, também é uma moça *estranhíssima*. Só quer saber de vida ao ar livre e tudo mais. Não que seja exatamente hostil, mas não procura se tornar simpática. Nunca quer ir fazer compras em Londres, ir a uma matinê ou qualquer coisa parecida. Não se interessa nem por roupas. — ela suspirou de novo e murmurou: — Mas é claro que não estou me queixando de nada. — Sentiu uma pontada de remorso e se apressou a explicar: — Deve achar muito esquisito que eu lhe fale assim, quando a senhora é relativamente uma desconhecida. Mas, realmente, com toda essa tensão e o choque... eu até acho que o que mais importa é o choque. Choque retardado. Me sinto tão nervosa, sabe? Que realmente... bem, eu realmente tenho que falar com *alguém*. A senhora me lembra tanto uma pessoa que me foi muito querida, a sra. Trefusis James. Quebrou o fêmur quando tinha 75 anos. Passei um bocado de tempo cuidando dela e ficamos grandes amigas. Ela me deu um casaco de peles de raposa quando fui embora, o que me pareceu um gesto gentil da parte dela.

— Sei exatamente como a senhora se sente — disse Miss Marple.

O que também era a pura verdade. O sr. Percival Fortescue, evidentemente entediado com a esposa, dedicava-lhe pouquíssima atenção, e a coitada não tinha conseguido arrumar amizades locais. Viver correndo até Londres para fazer compras, ir a matinês e ter uma casa luxuosa para morar não compensava a falta de humanidade nas suas relações com a família do marido.

— Espero que não me julgue rude ao dizer isto — murmurou Miss Marple naquela sua vozinha de velha —, mas eu de fato acho que o falecido sr. Fortescue pode não ter sido um homem muito simpático.

— Não foi, não — confirmou a nora. — Para falar com franqueza, cá entre nós, era um velho detestável. Não me admiro, sinceramente, que alguém quisesse se descartar dele.

— Não tem nenhuma ideia de quem... — começou Miss Marple, interrompendo logo a frase. — Ah, meu Deus, talvez isso seja uma pergunta que não devia fazer... nem sequer uma ideia de quem... de quem... ora, de quem pudesse ter sido?

— Olhe, eu acho que foi aquele horrível Crump — respondeu Jennifer. — Sempre antipatizei muito com ele. Tem uns modos, sabe, não realmente grosseiros, mas que acabam *sendo*. Impertinente que só vendo.

— Mesmo assim, teria que haver um motivo, não?

— Eu realmente não sei se esse tipo de pessoa precisa muito de motivo. Tenho a impressão de que o sr. Fortescue vivia repreendendo o Crump e desconfio de que às vezes ele bebe demais. Mas, na minha opinião, sabe, é um pouco desequilibrado. Que nem aquele empregado, ou mordomo, sei lá o nome dele, que andava pela casa dando tiros em todo mundo. Claro que para ser completamente franca com a senhora, *cheguei* a suspeitar de que fosse *Adele* quem tivesse envenenado o sr. Fortescue. Mas agora, é lógico, ninguém vai dizer uma coisa dessas, já que ela também morreu envenenada. Talvez ela houvesse acusado o Crump, sabe? E aí ele perdeu a cabeça e deu um jeito de pôr alguma coisa nos sanduíches, sendo surpreendido pela Gladys, de modo que também teve que matá-la... Francamente, acho até perigoso tê-lo aqui em casa. Ah, meu Deus, bem que eu gostaria de ir embora, mas no mínimo esses policiais horríveis não vão deixar que ninguém saia daqui. — Curvou-se impulsivamente para a frente e pôs a mão rechonchuda no braço de Miss Marple. — Às vezes eu sinto que preciso ir embora... que se tudo não parar logo eu terei que *fugir* mesmo.

Recostou-se no assento, analisando o rosto de Miss Marple.

— Mas quem sabe... isso não seria aconselhável?

— Não... acho que não seria, não... a polícia não tardaria em encontrá-la, sabe?

— É mesmo? Tem certeza? Julga-os tão inteligentes assim?

— É muito imprudente menosprezar a polícia. O inspetor Neele me parece ser um homem especialmente inteligente.

— Ora! Eu pensava que fosse meio burro.

Miss Marple sacudiu a cabeça.

— Continuo com a impressão — Jennifer hesitou — de que é perigoso ficar aqui.

— Perigoso para a senhora, quer dizer?
— S-sim... bem, sim...
— Por causa de alguma coisa que a senhora... saiba?
Jennifer pareceu tomar fôlego.
— Oh, não... claro que não sei de nada. Como poderia saber? É só... só que ando nervosa. Aquele Crump...

Mas observando o modo de Jennifer Fortescue retorcer as mãos, Miss Marple achou que não era em Crump que estava pensando. Por alguma razão, Jennifer Fortescue sentia-se verdadeiramente tomada de pavor.

22

JÁ ESTAVA ESCURECENDO. MISS MARPLE tinha levado seu tricô para a janela da biblioteca. Olhando pela vidraça, viu Pat Fortescue caminhando de um lado para outro no terraço lá fora. Miss Marple abriu o trinco e gritou:

—Venha para dentro, meu bem. Entre. Tenho certeza de que está muito frio e úmido para você andar sem casaco aí fora.

Pat obedeceu à ordem. Entrou, fechou a porta e acendeu dois abajures.

— É — disse ela —, não está fazendo uma tarde muito bonita, não. — Sentou-se no sofá ao lado de Miss Marple. — O que está tricotando?

— Ah, apenas um casaquinho de bebê, sabe? Eu sempre digo que as mães jovens nunca têm casaquinhos suficientes para os bebês. Este é para o segundo tamanho. Os primeiros ficam logo pequenos para eles.

Pat esticou as longas pernas para a lareira.

— Hoje está gostoso aqui dentro — disse. — Com o fogo e os abajures e a senhora tricotando para bebês. Tudo parece bem-abrigado e caseiro, tal como a Inglaterra devia ser.

— E é como ela é — retrucou Miss Marple. — Não existem tantos Chalés do Teixo assim, minha cara.

— Acho bom — disse Pat. — Não creio que essa casa tenha sido feliz algum dia. Nem que ninguém se sentisse bem aqui, apesar de todo o dinheiro que gastavam e das coisas que tinham.

— Sim — concordou Miss Marple. — Eu também não diria que essa era uma casa feliz.

— Desconfio de que Adele deve ter sido — continuou Pat. — Nunca a conheci, portanto, não posso afirmar, mas Jennifer leva uma vida desgraçada e Elaine vive se roendo por causa de um rapaz que, no fundo, ela deve saber que não se preocupa com ela. Ah, como eu gostaria de ir embora daqui! — Olhou para Miss Marple e de repente sorriu. — Sabe que Lance me aconselhou a nunca arredar o pé de perto da senhora? Parece que ele acha que assim eu estarei mais segura.

— Seu marido não é bobo.

— Não, não é, não. Pelo menos em certo sentido. Mas eu gostaria de que ele me dissesse exatamente do que é que ele tem medo. Uma coisa me parece fora de dúvida. Alguém nessa casa está louco e a loucura é sempre assustadora porque a gente não sabe como é que o cérebro dos loucos funciona. Nunca se sabe o que são capazes de fazer.

— Minha pobre criança...

— Ah, mas comigo tudo vai bem. A essa altura já estou acostumada.

— Você já passou por um bocado de dificuldades, não foi, meu bem? — perguntou Miss Marple, delicadamente.

— Ah, mas também já houve épocas muito boas. Tive uma infância maravilhosa na Irlanda, andando a cavalo, caçando e morando numa casa imensa, quase vazia, cheia de correntes de ar e toda ensolarada. Quando se tem uma infância feliz, ninguém pode tirar isso da gente, não é mesmo? Foi depois... quando cresci... que as coisas pareciam sempre sair erradas. Para começar, houve a guerra, por exemplo.

— Seu marido era piloto de caça, não era?

— Era. Fazia apenas um mês, mais ou menos, que estávamos casados quando derrubaram o avião do Don. — Ficou olhando fixamente para o fogo. — A princípio, pensei que também queria morrer. Parecia tão injusto, tão cruel. E, no entanto... no fim...

quase cheguei à conclusão de que tinha sido melhor assim. Don foi maravilhoso na guerra. Valente, arrojado, alegre. Possuía todas as qualidades que uma guerra requer. Mas, não sei por que, tenho a impressão de que não se acostumaria com a paz. Tinha uma espécie de... ah, como direi?... insubordinação arrogante. Não se resignaria a cair na rotina ou a se acomodar. Teria lutado contra isso. Ele era, digamos, antissocial, em certo sentido. Não, ele não se resignaria.

— Faz bem em encarar a coisa assim, minha querida. — Miss Marple curvou-se sobre o tricô, puxou um ponto e começou a contar em voz baixa. — Três inteiras, duas laçadas, pula uma, junta duas — e depois, em voz alta: — E seu segundo marido, meu bem?

— Freddy? O Freddy se matou com um tiro.

— Ah, meu Deus. Que tristeza. Que verdadeira tragédia.

— Nós fomos felicíssimos — disse Pat. — Uns dois anos depois que casamos eu comecei a perceber que Freddy não era... bem, nem sempre era honesto. Comecei a descobrir o que estava acontecendo. Mas parecia que não importava, para nós, quero dizer. Porque o Freddy e eu nos amávamos, compreende? Me esforçava para ignorar o que estava se passando. Acho que foi covardia minha, mas eu não podia mudá-lo, sabe? Não se pode fazer as pessoas mudarem.

— De fato — concordou Miss Marple.

— Eu o havia aceito, amava e tinha me casado com ele pelo que ele era e, de certa maneira, achava que só podia... me conformar com a situação. Aí, as coisas não deram certo, ele não pôde enfrentá-las e se matou com um tiro. Depois que ele morreu, fui para o Quênia passar uma temporada na casa de uns amigos. Eu não queria ficar na Inglaterra, encontrando todo mundo... toda a velha turma que sabia de tudo. E lá no Quênia conheci o Lance.

Sua expressão mudou e se suavizou. Continuou olhando para o fogo, e Miss Marple se virou para ela. Não demorou muito, Pat levantou a cabeça e perguntou:

— Me diga uma coisa, Miss Marple, o que é que a senhora acha do Percival?

— Bem, eu não o conheço direito. Em geral, só nos vemos na hora do café. Mais nada. Tenho impressão de que não gosta muito de morar aqui.

Pat de repente riu.

— Ele é sovina, sabe? Tremendamente sovina. Lance diz que ele sempre foi. Jennifer também vive se queixando. Controla as contas da casa com a srta. Dove. Reclama de cada compra. Mas a srta. Dove sempre dá um jeito de fazer o que quer. É de fato uma criatura maravilhosa. A senhora também não acha?

— Acho, sim. Ela me faz lembrar a sra. Latimer, lá de onde eu moro, em St. Mary Mead. Era diretora do Corpo de Voluntárias, sabe, e das Bandeirantes. Em suma, dirigia praticamente tudo o que havia lá. Levou-se quase cinco anos para se descobrir que... ah, mas não devo começar com mexericos. Não existe nada mais tedioso do que a gente ficar falando de lugares e pessoas que os outros nunca viram nem sabem nada a respeito. Queira me desculpar, meu bem.

— St. Mary Mead é um lugar agradável?

— Bem, não sei o que você entende por lugar agradável, minha querida. Agora, *bonito* é. Tem uns moradores muito simpáticos, e em compensação outros extremamente antipáticos. Como em qualquer outro lugar, acontecem coisas estranhíssimas por lá. A natureza humana é sempre a mesma em toda a parte, não acha?

— A senhora vai lá em cima falar com a sra. Ramsbottom com bastante frequência, não é? — perguntou Pat. — Sabe que ela *realmente* me assusta?

— Assusta? Por quê?

— Porque tenho impressão de que é louca. Acho que ela pegou uma mania de religião. Não lhe parece que pode ser... realmente... *maluca*?

— Em que sentido?

— Ah, a senhora sabe muito bem o que eu quero dizer, Miss Marple. Ela fica sentada lá em cima, nunca sai de casa e só pensa em pecado. Bem, no fim ela podia perfeitamente julgar que sua missão na terra fosse executar sentenças.

— É essa a opinião do seu marido?

— Não sei qual é a opinião do Lance. Ele não quer me dizer. Mas de uma coisa estou certa: ele crê que foi alguém que está louco e que faz parte da família. Ora, a meu ver, o Percival goza de juízo perfeito, a Jennifer é tão burra que chega a dar pena. Anda meio nervosa, mas isso não tem nada de mais. E a Elaine é dessas moças estranhas, tensas, tempestuosas. Está perdidamente apaixonada pelo tal namorado e não quer nem admitir que ele só se interessa pelo dinheiro dela.

— Acha que ele vai casar com ela por interesse?

— Acho, sim. A senhora não concorda?

— Tenho absoluta certeza — respondeu Miss Marple. — É que nem o Ellis, que casou com a Marion Bates, filha do dono da loja de ferragens. O pai era rico, ela muito feia e completamente louca pelo rapaz. No entanto, tudo deu certo. As pessoas como o Ellis e esse tal de Gerald Wright só são mesmo desagradáveis quando casam com uma moça pobre por amor. Ficam tão arrependidos de ter feito isso que se desforram na coitada. Mas, se casam com uma rica, continuam a respeitá-la.

— Não vejo como possa ser alguém de fora — continuou Pat, franzindo a testa. — Por isso... por isso é que se explica essa atmosfera que há aqui. Todo mundo de olho nos outros. Só falta acontecer logo alguma coisa...

— Não vai haver mais mortes — disse Miss Marple. — Eu, pelo menos, acho que não.

— Como pode ter certeza?

— Não sei, mas o fato é que tenho. O criminoso já atingiu o seu objetivo, compreende?

— O criminoso?

— Bem, a criminosa, se quiser. Usei o termo genérico por uma questão de conveniência.

— A senhora disse que ele atingiu seu objetivo. Que espécie de objetivo?

Miss Marple sacudiu a cabeça — ainda não tinha chegado a uma conclusão definida.

23

I

Mais uma vez, a srta. Somers acabava de fazer o chá na sala das datilógrafas e mais uma vez a chaleira não estava fervendo quando ela despejou a água em cima do chá. A história se repete. A srta. Griffith, recebendo sua xícara, pensou com seus botões: "Sinceramente, *tenho* que falar com o sr. Percival sobre a Somers. Estou certa de que se pode conseguir coisa melhor. Mas com todo esse rebuliço que anda havendo por aqui, não convém incomodá-lo com ninharias."

Como tantas vezes já tinha acontecido, a srta. Griffith advertiu com rispidez:

— A água não ferveu *de novo*, Somers.

E a srta. Somers, ruborizando, retrucou como sempre:

— Ah, meu Deus, e eu estava certa que *dessa vez* tinha fervido.

A entrada de Lance Fortescue interrompeu outros comentários do mesmo gênero. Olhou em torno de modo meio vago e a srta. Griffith, de um salto, adiantou-se para recebê-lo.

— Sr. Lance! — exclamou.

Ele se virou para ela e seu rosto se iluminou num sorriso.

— Olá. Mas... é a srta. Griffith!

A srta. Griffith ficou encantada. Fazia 11 anos que não se viam e ele ainda se lembrava do seu nome.

— Imagina, o senhor ainda se lembra — comentou, toda confusa.

E Lance, transpirando charme por todos os poros, retrucou com perfeita naturalidade:

— Claro que me lembro.

Espalhou-se uma comoção pela sala das datilógrafas. A srta. Somers esqueceu suas preocupações por causa do chá. Fitava Lance, boquiaberta. A srta. Bell arregalava os olhos por cima da máquina de escrever, e a srta. Chase tirou discretamente da bolsa o pó compacto e empoou o nariz. Lance deu uma olhada em volta.

— Quer dizer que tudo continua na mesma por aqui — falou.

— É, sr. Lance, praticamente. Mas como o senhor está bronzeado e com aspecto ótimo! Que vida interessante deve ter levado no exterior!

— De fato — retrucou Lance —, mas agora pretendo me esforçar para achar interessante a vida aqui em Londres mesmo.

— Vai voltar para o escritório?

— Parece que sim.

— Ah, mas que bom.

— No mínimo fiquei meio destreinado — disse Lance. — A senhora terá que me explicar tudo de novo, srta. Griffith.

Ela riu, encantada.

— Será ótimo tê-lo de novo conosco, sr. Lance. Ótimo, mesmo.

Lance lançou-lhe um olhar compreensivo.

— Bondade sua, bondade sua.

— Jamais pensamos... ninguém imaginou... — A srta. Griffith ruborizou, deixando a frase incompleta.

Lance bateu-lhe de leve no braço.

— Não pensaram que o diabo fosse tão ruim quanto pintam, não é? Bem, talvez não fosse. Mas agora tudo isso são águas passadas. Não vale a pena estar revolvendo essas coisas. O que importa é o futuro. — Acrescentou: — Meu irmão já chegou?

— Acho que está lá no gabinete.

Lance acenou tranquilamente com a cabeça e entrou. Na sala de espera, encontrou uma mulher madura, de fisionomia rígida, sentada atrás de uma escrivaninha. Ela se levantou e perguntou de uma maneira desagradável:

— Seu nome e ocupação, por favor?

Lance olhou-a, meio em dúvida.

— A senhora é... a srta. Grosvenor? — indagou.

Tinham-lhe descrito a srta. Grosvenor como uma loura espetacular. Era como de fato aparecia nas fotos publicadas pelos jornais nas notícias do inquérito em torno de Rex Fortescue. Aquela ali, certamente, não podia ser a srta. Grosvenor.

— A srta. Grosvenor foi embora na semana passada. Eu sou a sra. Hardcastle, secretária particular do sr. Percival Fortescue.

"Essa é bem do Percy", pensou Lance. "Despedir uma loura espetacular e substituí-la por uma bruxa. Por que será? Por uma questão de segurança ou por que sai mais barato?"

— Sou Lancelot Fortescue — respondeu serenamente em voz alta. — A senhora ainda não me conhece.

— Ah, desculpe, sr. Lancelot — disse sra. Hardcastle —, é a primeira vez que o senhor vem ao escritório, não é?

— A primeira, mas não a última — retrucou Lance, sorrindo.

Atravessou a sala e abriu a porta do que tinha sido o gabinete particular de seu pai. Um pouco para sua surpresa, não foi Percival que encontrou ali, mas o inspetor Neele — que levantou os olhos da vasta pilha de papéis que estava examinando e cumprimentou-o com a cabeça.

— Bom dia, sr. Lancelot. Veio assumir seu cargo?

— Com que então já sabe que resolvi entrar para a firma?

— Seu irmão me contou.

— Ah, ele contou é? Entusiasmado?

O inspetor fez força para não sorrir.

— O entusiasmo não era visível — respondeu, bem sério.

— Coitado do Percy — disse Lance.

Neele o olhou com curiosidade.

— Pretende mesmo se dedicar aos negócios?

— Por quê, inspetor? Acha difícil?

— É que não combina com seu tipo, sr. Lancelot.
— Por que não? Saí ao meu pai.
— E à sua mãe.

Lance sacudiu a cabeça.

— Aí é que o senhor se engana. Minha mãe foi uma romântica que devia ter vivido na era vitoriana. Como decerto já deduziu pela bizarria dos nossos prenomes, o livro de cabeceira dela era *Os idílios do rei*. Também era inválida e tenho a impressão de que nunca manteve muito contato com a realidade. Eu sou exatamente o oposto. Nada tenho de sentimental, não possuo a menor queda para romantismos e, acima de tudo, encaro a vida com bastante realismo.

— A gente nem sempre é o que se imagina ser — lembrou o inspetor.

— Sim, creio que tem razão — concordou Lance.

Sentou-se numa cadeira e esticou as longas pernas naquele seu jeito característico. Sorriu consigo mesmo. Depois, inesperadamente, observou:

— O senhor é bem mais inteligente que meu irmão, inspetor.
— Em que sentido, sr. Lancelot?
— Não há que negar que deixei o Percy morto de medo. Ele pensa que estou decidido a trabalhar aqui. E que vou atrapalhar todos os seus planos, começando a gastar o dinheiro da firma a torto e a direito, envolvendo-o nos projetos mais descabidos. Quase que valia a pena fazer isso, só para me divertir! Quase, mas não. Eu realmente não suporto a vida de escritório, inspetor. Gosto de ar livre e de algumas possibilidades de aventura. Ficaria sufocado num lugar como este. — Acrescentou logo: — Mas guarde segredo, por favor. Não vá contar ao Percy, viu?

— Não creio que tenhamos ocasião de tocar nesse assunto, sr. Lancelot.

— Quero me divertir um pouco à custa dele — disse Lance. — O Percy vai ter que suar um bocado. Preciso me vingar de uma coisa.

— Que frase mais interessante, sr. Lancelot — retrucou Neele. — Se vingar... do quê?

Lance encolheu os ombros.

— Ah, é uma história muito antiga. Nem vale a pena relembrar.

— Parece-me que houve qualquer coisa a propósito de um cheque, no passado. É a isso que se refere?

— Quanta coisa que o senhor sabe, inspetor!

— Ao que me consta, ninguém tentou processá-lo — continuou Neele. — Seu pai não quis fazer isso.

— Pois é. Apenas me botou no olho da rua, mais nada.

Neele o olhou com curiosidade, mas não era nele que estava pensando, e sim em Percival. No honesto, esforçado e parcimonioso Percival. Parecia-lhe que toda vez que chegava a uma conclusão sobre o caso, sempre esbarrava no enigma de Percival Fortescue, um homem de quem todo mundo conhecia os aspectos externos, mas cuja personalidade íntima era muito mais difícil de decifrar. Dava impressão de ser um tipo sem graça e insignificante, um filho que sempre se deixara dominar pelo pai. Em suma, o pernóstico Percy, como havia dito certa vez o comissário-adjunto. Agora, através de Lance, Neele procurava definir melhor a personalidade de Percival.

— Seu irmão parece ter sido sempre muito... bem, como direi.... dominado pelo seu pai — murmurou, sondando o terreno.

— Não sei, não. — Dir-se-ia que Lance estava ponderando decididamente a questão. — Não sei. Creio que o efeito causado seria esse. Mas não tenho certeza de que fosse mesmo verdade. Sabe, é espantoso, quando relembro o passado, verificar como o Percy sempre deu jeito de conseguir tudo o que queria, sem o menor esforço aparente, não sei se me entende.

"Sim", pensou o inspetor, "era de fato espantoso." Folheou os papéis que tinha em cima da escrivaninha, separou um e o empurrou na direção de Lance.

— O senhor escreveu essa carta aí em agosto, não foi, sr. Lancelot?

Lance pegou-a, deu uma olhada e devolveu-a.

— Foi — disse. — Eu a escrevi depois que voltei para o Quênia, no verão passado. Papai a guardou, é? Onde estava... aqui no escritório?

— Não, sr. Lancelot. No meio dos papéis do seu pai no Chalé do Teixo.

O inspetor ficou olhando pensativo para a carta. Não era longa.

Prezado pai,

Conversei sobre o assunto com Pat e resolvi aceitar sua proposta. Vou levar algum tempo para deixar tudo em ordem aqui, talvez até fins de outubro ou começo de novembro. Eu avisarei quando estiver perto da hora. Espero que nos entendamos melhor do que antigamente. Seja como for, farei o possível. É o máximo que posso dizer. Cuide-se bem.
Abraços,
                                                                Lance.

— Para onde o senhor endereçou essa carta, sr. Lancelot? Para o escritório ou para o Chalé do Teixo?

Lance franziu a testa, tentando se lembrar.

— Está difícil. Não me recordo. Já faz quase três meses, compreende? Acho que foi para o escritório. É, tenho quase certeza. Aqui para o escritório. — Fez uma pausa antes de perguntar com franca curiosidade: — Por quê?

— É que eu estranhei — respondeu Neele. — Seu pai não a guardou aqui no arquivo, entre seus papéis particulares. Levou-a para o Chalé do Teixo e eu a encontrei na escrivaninha dele. Não entendi por que teria feito isso.

Lance riu.

— Garanto que foi para que o Percy não a visse.

— Sim, é o que parece — concordou o inspetor. — Seu irmão tinha, então, acesso aos papéis particulares de seu pai aqui no escritório?

— Bem — Lance hesitou, franzindo a testa —, propriamente não. Quero dizer, suponho que ele podia dar uma olhada neles a qualquer hora que quisesse, mas não que tivesse...

— Mas não que tivesse consentimento? — completou Neele.

Lance sorriu francamente.

— Exato. Para falar a verdade, seria bisbilhotar. Mas tenho a impressão de que o Percy sempre bisbilhotou.

Neele concordou com a cabeça. Também achava provável que Percival Fortescue bisbilhotasse. Estaria de acordo com o que o inspetor começava a constatar sobre o seu caráter.

— Falando no diabo — murmurou Lance, porque nesse instante a porta se abriu e Percival Fortescue entrou. Já ia dirigir a palavra ao inspetor, porém, estacou, franzindo a testa, ao deparar com Lance.

— Olá — disse. — Já por aqui? Você não tinha me dito que pretendia vir hoje.

— Senti uma espécie de impulso irresistível para começar a trabalhar — respondeu Lance —, de modo que cá estou, pronto para me tornar útil. Que é que você tem para eu fazer?

— No momento, nada — declarou Percival, irritado. — Absolutamente nada. Vamos ter que chegar a um acordo sobre a parte de negócios de que você vai cuidar. Será preciso preparar uma sala para você.

— Por falar nisso — perguntou Lance com um sorriso —, por que mandou embora a espetacular Grosvenor, meu velho, substituindo-a por essa cara de cavalo aí fora?

— Francamente, Lance — protestou Percival, com veemência.

— Que mau gosto — disse Lance. — Eu estava louco para conhecer a espetacular Grosvenor. Por que você a botou na rua? Pensou que ela sabia demais?

— Claro que não. Que ideia! — exclamou Percival, furioso, ficando com o rosto pálido ruborizado.

Virou-se para o inspetor.

— Não ligue para o meu irmão — pediu, friamente. — Ele tem um senso de humor meio bizarro. — Acrescentou: — Nunca tive uma opinião muito lisonjeira sobre a inteligência da srta. Grosvenor. A sra. Hardcastle trouxe ótimas referências e é muito eficiente, além de ter pretensões moderadas.

— Pretensões moderadas — murmurou Lance, levantando os olhos para o teto. — Sabe, Percy, eu francamente não concordo com essa história de economizar às custas dos funcionários. Por falar nisso, a julgar pela lealdade que demonstraram durante essas últimas trágicas semanas, você não acha que devíamos aumentar todos os salários?

— De jeito nenhum — retrucou logo Percival. — Não há por que e é totalmente desnecessário.

O inspetor notou um brilho diabólico nos olhos de Lance. Percival, porém, estava muito contrariado para perceber qualquer coisa.

—Você sempre teve as ideias mais incríveis e extravagantes — gaguejou ele. — No estado em que essa firma ficou fazer economia é a nossa única esperança.

Neele tossiu, meio sem jeito.

— Essa é uma das coisas sobre as quais eu precisava lhe falar, sr. Percival — disse a Percival.

— Pois não, inspetor. — Percival virou-se para Neele.

— Queria lhe expor uma série de hipóteses, sr. Percvial. Eu soube que durante os últimos seis meses, ou mais ainda, possivelmente um ano, o comportamento e a conduta geral do seu pai constituíram uma fonte de crescente preocupação para o senhor.

— Ele não andava bem — explicou Percival, com determinação. — Não andava nada bem, mesmo.

— O senhor procurou convencê-lo a consultar um médico, mas não conseguiu. Ele se recusou categoricamente?

— Exato.

— Posso lhe perguntar se não desconfiava de que seu pai estivesse sofrendo das faculdades mentais? Não vinha notando nele, ultimamente, certos sintomas de megalomania e irritabilidade que cedo ou tarde degeneram em loucura incurável?

Percival fez uma cara de surpresa.

— Como o senhor é perspicaz, inspetor. Foi exatamente o que eu temi. Por isso fiquei tão ansioso para que meu pai se submetesse a um tratamento médico.

— Nesse meio tempo — continuou Neele —, até que conseguisse dissuadi-lo a fazer isso, ele não provocou uma grande confusão na firma?

— Sem sombra de dúvida — disse Percival.

— Deve ter sido uma situação muito embaraçosa, não?

— Simplesmente terrível. Ninguém sabe as preocupações que eu tive.

— Do ponto de vista da firma — observou Neele, delicadamente —, a morte de seu pai foi uma ocorrência extremamente feliz, não foi?

— Não vá pensar que eu encare a morte de meu pai sob esse prisma — retrucou Percival, com brusquidão.

— Não se trata disso, sr. Percival. Falo apenas de uma questão de fato. Seu pai morreu antes que as finanças fossem completamente abaixo.

— Sim, sim — concordou Percival, impaciente. — Nesse sentido o senhor tem toda a razão.

— O que constituiu uma desgraça para a sua família, uma vez que tudo depende da firma.

— É. Mas, francamente, inspetor, não vejo aonde o senhor quer chegar... — Percival interrompeu a frase.

— Eu não quero chegar a coisa alguma, sr. Percival — disse Neele. — Apenas gosto de esclarecer bem os fatos que são do meu conhecimento. Agora, tem outra coisa. Ao que me lembre, o senhor disse que não havia mantido nenhuma espécie de contato com seu irmão aqui presente desde que ele foi embora da Inglaterra há muitos anos.

— Exato.

— Sim, mas a verdade não é bem essa, não é, sr. Percival? Quero dizer, na primavera, quando andava tão apreensivo com a saúde do seu pai, o senhor chegou a escrever para o seu irmão na África, falando-lhe de suas preocupações por causa do comportamento do seu pai. Tenho a impressão de que queria o apoio do seu irmão à ideia de submeter seu pai a um exame médico, internando-o, se necessário.

— Eu... eu... realmente, não vejo... — Percival estava tremendamente abalado.

— Não foi assim, sr. Percival?

— Bem, na verdade, me pareceu a melhor coisa a fazer. Afinal de contas, Lancelot *era* sócio da firma.

Neele desviou o olhar para Lance. Lance sorria.

— O senhor recebeu essa carta? — perguntou Neele.

Lance confirmou com a cabeça.

— E o que respondeu?

O sorriso de Lance se alargou.

— Mandei o Percy se lixar e deixar o velho em paz. Disse que ele provavelmente sabia muito bem o que estava fazendo.

O inspetor se virou de novo para Percival.

— Foram esses os termos da resposta do seu irmão?

— Eu... eu... olhe, creio que sim, mais ou menos. Só que ele usou uma linguagem muito mais ofensiva.

— Achei preferível que o inspetor tivesse uma versão expurgada — retrucou Lance, e continuou: — Francamente, inspetor, esse foi um dos motivos por que, ao receber a carta de meu pai, eu vim verificar pessoalmente o que estava havendo. Na rápida entrevista que tive com o velho, sinceramente, não notei nada de mais. Ele andava um pouco agitado, mas era só isso. Me pareceu perfeitamente apto para tratar de seus próprios negócios. Seja como for, depois que regressei à África e discuti o caso com a Pat, resolvi que devia vir para casa e... como diremos?... procurar acalmar os ânimos.

Ao dizer isso, lançou um olhar a Percival.

— Protesto — reclamou Percival. — Protesto solenemente contra essa sua insinuição. Eu não pretendia imolar meu pai. Estava apenas preocupado com a saúde dele. Reconheço que também estava... — fez uma pausa.

Lance aparteou logo.

— Também estava preocupado com seu próprio bolso, não é? O bolsinho do Percy.

Levantou-se e de repente mudou de atitude.

— Olhe, Percy, eu desisto. Eu ia mexer um pouco com você, fingindo trabalhar aqui. Só para atrapalhar os seus planos, mas prefiro cair morto a continuar com essa ideia. Francamente, chega a me dar náusea ficar na mesma sala que você. A vida inteira, você nunca deixou de ser um canalha mesquinho e sujo. Se intrometendo, bisbilhotanto, mentindo e armando encrencas. Digo-lhe mais ainda. Não posso provar, mas sempre desconfiei de que foi você quem falsificou o tal cheque que causou toda aquela briga, pela qual fui expulso daqui. Para começar, nunca vi falsificação mais malfeita, um negócio de chamar a atenção, com letras desse tamanho. Minha ficha estava muito ruim para que eu pudesse protestar de maneira convincente, mas já me perguntei uma porção de vezes como é que o velho não percebeu que se fosse *eu* falsificando o nome dele, a coisa teria saído muito mais perfeita. — E levantando a voz, prosseguiu: — Pois bem, Percy, não vou continuar mais com esse jogo ridículo. Estou farto desse país, dessa cidade e de homens mesquinhos como você, com seus ternos listrados, seus casacos pretos, suas vozes afetadas e transações financeiras duvidosas e suspeitas. Dividiremos os títulos de crédito como você propôs e irei com Pat para um país diferente... um país onde haja lugar para se respirar e se locomover. Pode dividir as ações como bem entender. Fique com as preferenciais e as mais seguras, as que rendem dois, três e até três e meio por cento. Eu me contento com as últimas especulações insensatas de papai, como você disse. A maioria provavelmente não vale nada. Mas aposto que uma ou outra no fim há de render mais do que essas em que você deposita tanta fé. Papai era um verdadeiro demônio de esperteza. Ele se arriscava, e muito até. Alguns desses riscos rendiam cinco, seis e sete por cento. Vou me fiar no tirocínio e na sorte dele. Quanto a você, seu vermezinho...

Lance avançou para o irmão, que recuou rápido, para trás da escrivaninha, perto do inspetor Neele.

— Não precisa ter medo — disse Lance — que não vou bater em você. Você queria me ver longe daqui e conseguiu. Devia ficar contente. — Acrescentou ao se dirigir para a porta: — Pode incluir também a concessão da velha Mina dos Melros, se quiser. Se os sanguinários MacKenzie saírem no nosso encalço, nós correremos com eles da África. — E ao alcançar a soleira da porta, se virou e disse: — Uma vingança... depois de tantos anos... até parece incrível. Mas o inspetor, pelo jeito, bem que leva a sério, não é, inspetor?

— Bobagem — retrucou Percival. — Uma coisa dessas é impossível!

— Então, pergunte a ele — disse Lance. — Pergunte por que é que ele anda fazendo todas essas sindicâncias sobre melros e sobre o centeio no bolso de papai.

Passando a mão de leve pelo lábio superior, Neele frisou:

— Lembre-se dos melros no verão passado, sr. Percival. *Há* motivos para essas sindicâncias.

— Bobagem — repetiu Percival. — Faz anos que ninguém ouve falar nos MacKenzie.

— E, no entanto — disse Lance —, estou quase jurando como há um MacKenzie no nosso meio. Tenho até a impressão de que o inspetor também acha.

II

O inspetor Neele alcançou Lancelot Fortescue quando ele já ia saindo na rua lá embaixo.

Lance sorriu-lhe, meio encabulado.

— Não pretendia fazer aquilo — disse. — Mas de repente perdi a calma. Ah, paciência... mais cedo ou mais tarde isso teria de acontecer. Fiquei de me encontrar com Pat no Savoy. O senhor vai na mesma direção, inspetor?

— Não, vou voltar para Baydon Heath. Mas há uma coisa que gostaria de lhe perguntar, sr. Lancelot.

— Pois não.

— Quando entrou no gabinete e me viu lá... o senhor se surpreendeu. Por quê?

— Porque não esperava encontrá-lo, acho eu. Pensei que só o Percy estaria lá.

— Ninguém lhe disse que ele tinha saído?

Lance o olhou, com curiosidade.

— Não. Me disseram que ele estava na sala dele.

— Compreendo... ninguém sabia que ele tinha saído. Não existe outra porta que dê para o gabinete... mas há uma que comunica diretamente com o corredor que vem da pequena sala de espera... Suponho que seu irmão tenha saído por ali... mas me admiro que a sra. Hardcastle não lhe dizer nada.

Lance riu.

— No mínimo, ela havia ido buscar a sua xícara de chá.

— Sim... sim... precisamente.

Lance olhou para ele.

— Qual é a ideia, inspetor?

— Estou apenas intrigado com umas coisinhas, mais nada, sr. Lancelot...

24

I

Durante a viagem de trem para Baydon Heath, o inspetor Neele teve, excepcionalmente, pouquíssimo êxito na solução das palavras cruzadas do *Times*. Estava com o espírito distraído por várias possibilidades. Da mesma maneira, leu as notícias sem muita atenção. Inteirou-se de um terremoto no Japão, da descoberta de depósitos de urânio na Tanganica, do cadáver de um marinheiro mercante que fora dar nas costas de Southampton e de uma greve iminente dos estivadores. A polícia continuava maltratando manifestantes civis e um novo medicamento estava operando milagres na cura de casos avançados de tuberculose.

Todas essas novidades produziram-lhe estranha sensação no cérebro. Não tardou em voltar ao enigma de palavras cruzadas e conseguiu solucionar três chaves em rápida sucessão.

Quando chegou ao Chalé do Teixo tinha tomado uma decisão.

— Onde está aquela velha? — perguntou ao sargento Hay. — Ainda anda por aí?

— Miss Marple? Ah, ela está aqui, sim. Ficou toda amiga da velhota lá de cima.

— Compreendo. — Neele fez uma pausa e depois indagou: — Onde é que ela anda agora? Gostaria de falar com ela.

Miss Marple apareceu em questão de minutos, um pouco avermelhada e ofegante.

— Queria falar comigo, inspetor? Tomara que não o tenha feito esperar. O sargento Hay não me encontrou logo. Eu andava lá na cozinha, conversando com a sra. Crump. Estava felicitando-a pelos doces de massa que ela faz e pela mão leve que tem, dizendo-lhe como esteve delicioso o suflê de ontem à noite. Sabe, eu sempre acho que é melhor abordar um assunto aos poucos. Não concorda? Pelo menos, suponho que não lhe seja tão fácil. O senhor, de certo modo, tem que entrar quase que diretamente nas perguntas que precisa fazer. Mas é lógico que de uma velha como eu, que dispõe de todo o tempo do mundo, como se diz, a gente *espera* realmente que fale uma porção de coisas desnecessárias. E não há que negar que o melhor caminho para se chegar ao coração de uma cozinheira é elogiar a comida que ela faz.

— E o que era mesmo que a senhora queria falar com ela? — perguntou Neele. — Era sobre Gladys Martin?

Miss Marple confirmou.

— Era. Sobre a Gladys. A sra. Crump podia de fato me contar muita coisa sobre ela. Nada relacionado ao crime, não é a isso que me refiro. Mas sobre a disposição dela ultimamente e sobre as coisas curiosas que andava dizendo. Curiosas não no sentido de estranhas, mas que chamavam atenção no meio da conversa.

— E teve êxito?

— Tive, sim. E muito, por sinal. Sabe, acho realmente que as coisas estão ficando bem mais claras. Não concorda?

— Mais ou menos.

Notou que o sargento havia saído da sala. Ficou contente com isso porque o que tencionava fazer agora era, para dizer o mínimo, um pouco heterodoxo.

— Escute aqui, Miss Marple, eu preciso conversar seriamente com a senhora.

— Pois não, inspetor.

— De certo modo, nós dois representamos dois pontos de vista diferentes. Confesso, Miss Marple, que já ouvi falar alguma coisa a seu respeito na Scotland Yard. — Sorriu. — Parece que a senhora é bastante conhecida por lá.

— Não sei como — observou Miss Marple, toda alvoroçada —, mas tenho o dom de me meter em coisas que realmente *não* me dizem respeito. Em crimes e acontecimentos estranhos, quero dizer.

— A senhora é famosa — disse Neele.

— Sir Henry Clithering, naturalmente — comentou Miss Marple —, é meu amigo de *longa* data.

— Como já disse — continuou Neele —, nós dois representamos pontos de vista opostos. Podia-se quase chamá-los de equilibrado e desequilibrado.

Miss Marple inclinou um pouco a cabeça de lado.

— Ora, o que é que o senhor quer dizer exatamente com isso, inspetor?

— Bom, há uma maneira equilibrada de encarar as coisas. Alguém lucrou com esse crime. Uma pessoa, digamos, em particular. Essa mesma pessoa lucrou com o segundo crime. Mas o terceiro só pode ter sido cometido por uma questão de segurança.

— E qual foi o terceiro, na sua opinião? — perguntou ela.

Os olhos dela, brilhantes como porcelana azul, fitavam, penetrantes, o inspetor. Ele sacudiu a cabeça.

— Pois é. Nisso, a senhora talvez tenha razão. Sabe, outro dia, conversando com o comissário-adjunto sobre esses assassinatos, ele me disse uma coisa que me pareceu errada. Foi aí que me chamou a atenção. Eu, naturalmente, estava pensando na canção infantil. O rei contando dinheiro no escritório, a rainha na sala e a criada estendendo roupa.

— Exatamente — disse Miss Marple. — Uma sequência nessa ordem, mas, na realidade, Gladys deve ter sido assassinada *antes* da sra. Fortescue, não?

— Acho que sim — concordou Neele. — Tenho quase certeza. O corpo dela só foi encontrado a altas horas da noite e é lógico que a essa altura já era difícil determinar com precisão há quanto tempo estaria morta. Mas eu acho quase certo que ela deve ter sido assassinada lá pelas cinco horas, porque senão...

— Porque, senão, ela sem dúvida teria levado a segunda bandeja para a sala, não? — atalhou Miss Marple.

— Isso mesmo. Ela levou primeiro a bandeja do chá, trouxe a segunda até o saguão, e aí então *algo* aconteceu. Ela viu ou ouviu alguma coisa. O problema é o que teria sido. Talvez fosse Dubois descendo a escada, vindo do quarto da sra. Fortescue. Ou o namorado de Elaine Fortescue, Gerald Wright, entrando pela porta lateral. Seja lá quem for, afastou-a da bandeja e atraiu-a para o quintal. E, uma vez feito isso, não vejo a menor possibilidade de o assassinato ter ocorrido muito mais tarde. Estava fazendo frio lá fora e ela vestia apenas um uniforme leve.

— Claro que o senhor tem toda a razão — disse Miss Marple. — Quero dizer, nunca foi um caso de "a criada, no quintal, estende a roupa, feliz". Ela não ia andar estendendo roupa lá fora àquela hora e muito menos sair sem botar um casaco. Foi tudo para despistar, como o prendedor de roupa, para encaixar na letra.

— Exatamente — disse Neele —, uma loucura. É nisso que não posso concordar com a senhora. É impossível... eu simplesmente não posso engolir essa história de canção infantil.

— Mas ela *encaixa*, inspetor. O senhor tem que reconhecer que encaixa.

— Encaixa, sim — retrucou Neele, gravemente —, mas mesmo assim a sequência está errada. Quero dizer, a letra sugere definitivamente que a criada foi o terceiro crime. Mas nós sabemos que a *rainha* é que foi o terceiro crime. Adele Fortescue só foi assassinada entre as 17h25 e 17h55. A essa altura, Gladys já devia estar morta.

— E aí a coisa fica toda errada, não é? — perguntou Miss Marple. — Toda errada em relação à canção infantil... o que é muito significativo, não é?

O inspetor encolheu os ombros.

— Não nos deixemos levar por minúcias. As mortes preenchem as condições da letra e suponho que isso era o que interessava.

Mas até agora eu falei como se estivesse vendo a coisa com seus olhos, Miss Marple. Agora vou lhe expor o *meu* ponto de vista. Deixarei de lado os melros, o centeio e tudo mais. Me basearei unicamente nos fatos, no senso comum e nos motivos que levam as pessoas equilibradas a cometer assassínios. Em primeiro lugar, a morte de Rex Fortescue, e *quem lucra com ela*. Bem, uma porção de gente, mas, sobretudo, o filho, Percival. Que não se encontrava no Chalé do Teixo naquela manhã. Não podia, portanto, ter posto veneno no café do pai ou em qualquer coisa que ele tivesse comido. Pelo menos, foi o que pensamos de início.

Os olhos de Miss Marple brilharam.

— Com que então *houve* um método, é? Pensei muito sobre isso, sabe, e me ocorreram várias ideias. Mas claro que não consegui prova alguma.

— Não vejo inconveniente em lhe informar — disse Neele —, que puseram taxina num pote novo de geleia de laranja. Esse pote foi colocado na mesa do café e o sr. Fortescue se serviu da primeira camada. Depois, jogaram o pote no meio das moitas e o substituíram por outro, onde faltava a mesma quantidade de geleia, na prateleira da despensa. O que estava no meio das moitas foi encontrado e acabo de receber o resultado do exame de laboratório. Ele apresenta resíduos bem nítidos de taxina.

— Então foi assim — murmurou Miss Marple. — Tão simples e fácil de fazer.

— A Consolidated Investments Trust estava em má situação — prosseguiu Neele. — Se tivesse que pagar cem mil libras à Adele Fortescue, por força do testamento do marido, acho que iria à falência. Se a sra. Fortescue sobrevivesse ao marido por mais um mês, esse dinheiro *teria* que lhe ser pago. Ela não sentiria a menor piedade pela firma ou pelas dificuldades que atravessavam. Acontece, porém, que ela não sobreviveu ao marido por mais um mês. Morreu e, em consequência disso, quem saiu lucrando foi o legatário do restante do testamento de Rex Fortescue. Noutras palavras, novamente Percival. Sempre Percival Fortescue — continuou o inspetor, ressentido. — Mas, embora pudesse ter mexido na geleia de laranja, não poderia ter envenenado a madrasta nem estrangulado Gladys. A secretária dele declarou que às cinco horas daquela tarde ele se encontrava no escritório e quando chegou aqui já eram quase sete.

— O que torna tudo *muito* difícil, não é?

— Difícil não, impossível — retrucou o inspetor, carrancudo.

— Em outras palavras, Percival está *descartado*. — Abandonando a reserva e a prudência, pôs-se a falar com certo rancor, quase esquecido da presença da interlocutora. — Aonde quer que eu vá, para onde me vire, dou sempre com a mesma pessoa: Percival Fortescue! E, no entanto, *não pode* ser ele.

E acalmando-se um pouco:

— Lógico que há outras possibilidades, outras pessoas que tinham um motivo perfeitamente válido.

— O sr. Dubois, por exemplo — concordou Miss Marple, veemente. — E o jovem sr. Wright. Estou plenamente de acordo, inspetor. Onde houver uma questão de *lucro, toda desconfiança é pouca*. O que se deve evitar, a qualquer custo, é confiar demais nos outros.

Neele não pôde deixar de sorrir.

— Sempre pensando no pior, hein? — perguntou.

Parecia uma estranha doutrina para uma velha de aspecto tão simpático e frágil.

— Ah, sim — retrucou Miss Marple, com fervor. — Sempre penso no pior. O mais triste é que em geral se acaba tendo razão.

— Está certo — disse Neele —, vamos pensar no pior. Poderia ter sido Dubois, poderia ter sido Wright (quer dizer, se tivesse agido de conluio com Elaine e ela mexesse na geleia de laranja), e acho que também poderia ter sido Jennifer, que se encontrava aqui. Mas nenhuma das pessoas que mencionei se enquadra no ângulo da loucura. Não encaixam com melros e bolsos cheios de centeio. Essa é a *sua* teoria e é possível que a senhora tenha razão. Se for assim, ficamos reduzidos a um único suspeito, não é mesmo? Já faz muitos anos que a sra. MacKenzie está num hospital de alienados. Ela é que não iria andar às voltas com potes de geleia ou pondo cianureto no chá da tarde lá na sala de visitas. Donald, o filho dela, morreu em Dunquerque. Resta a filha, Ruby MacKenzie. E, se a sua teoria estiver certa, se toda essa série de crimes foi causada pela velha história da Mina dos Melros, então Ruby deve morar aqui nessa casa e só há uma pessoa que pode ser ela.

— Sabe, eu tenho a impressão de que o senhor está sendo um pouco dogmático demais — disse Miss Marple.

Neele não fez caso.

— Apenas uma — afirmou, carrancudo.

Levantou-se e saiu da sala.

II

Mary Dove estava em sua sala particular; uma peça pequena, mobiliada de maneira bastante austera, porém confortável. Quer dizer, que a própria Mary tornara confortável. Quando o inspetor Neele bateu na porta, ela levantou a cabeça, até então curvada sobre uma pilha de livros mercantis, e respondeu com sua voz clara:

— Entre.

Ele entrou.

— Tenha a bondade de sentar, inspetor. — Mary Dove indicou-lhe uma cadeira. — Dá para esperar um instantinho? Preciso conferir a conta do peixeiro, que parece não estar certa.

Neele ficou sentado em silêncio, observando-a enquanto ela conferia as colunas. "Que calma mais maravilhosa, que segurança que essa moça tem", pensou. Sentia-se intrigado, como já acontecera tantas vezes, pela personalidade encoberta por aquela maneira cheia de confiança em si. Procurou reconhecer-lhe nos traços qualquer semelhança com a mulher com quem havia conversado na Casa de Saúde de Pinewood. As cores eram meio parecidas, mas não conseguiu perceber nenhuma semelhança facial. Por fim, Mary levantou a cabeça e perguntou:

— Então, inspetor? Em que lhe posso ser útil?

— Sabe, srta. Dove — respondeu ele tranquilamente —, esse caso apresenta aspectos muito estranhos.

— Por exemplo?

— Para começar, aquela esquisitice do centeio encontrado no bolso do sr. Fortescue.

— De fato, foi incrível — concordou Mary. — Sabe que eu realmente não consigo achar explicação para aquilo?

— Depois, a curiosa circunstância dos melros. Aqueles quatro melros que apareceram na escrivaninha do sr. Fortescue no verão passado, e também o incidente da substituição da carne e do presunto pelos pássaros na torta. Creio que a senhora já estava aqui quando aconteceu isso, não é, srta. Dove?

— Estava, sim. Agora me lembro. Fiquei muito aborrecida. Parecia uma coisa tão descabida e maldosa de se fazer, sobretudo na época.

— Talvez nem tão descabida assim. O que é que a senhora sabe a respeito da Mina dos Melros, srta. Dove?

— Tenho a impressão de que nunca ouvi falar nela.

— A senhora me disse que se chama Mary Dove. É esse o seu verdadeiro nome?

Mary arqueou as sobrancelhas. Neele teve quase certeza de que uma expressão desconfiada surgira em seus olhos azuis.

— Que pergunta mais absurda, inspetor. Está querendo insinuar que meu nome *não* é Mary Dove?

— Exatamente — confirmou Neele, afável. — Estou querendo insinuar que o seu nome é Ruby MacKenzie.

Ela olhou bem para ele. Por um instante, seu rosto ficou completamente impassível, sem protestar nem se surpreender. Neele julgou ver nele um efeito de cálculo bem-definido. Depois de algum tempo, ela retrucou numa voz calma, incolor:

— Que espera que eu diga?

— Me responda, por favor. Seu nome é Ruby MacKenzie?

— Já lhe disse que me chamo Mary Dove.

— Sim, mas pode provar isso?

— O que é que o senhor quer? Ver minha certidão de nascimento?

— Talvez ajudasse, talvez não. Isto é, a senhora podia muito bem ter a certidão de nascimento de uma tal de Mary Dove. Que podia ser sua amiga ou alguém que já tivesse morrido.

— Pois é, existe uma porção de possibilidades, não? — Pela voz, via-se que estava achando graça na situação. — Que dilema para o senhor, hein, inspetor?

— É possível que pudessem reconhecê-la na Casa de Saúde de Pinewood — disse Neele.

— A Casa de Saúde de Pinewood! — Mary arqueou as sobrancelhas. — O que é isso? Onde fica?

— Tenho a impressão de que a senhora sabe muito bem, srta. Dove.

— Asseguro-lhe que não tenho a mínima ideia.

— E nega categoricamente ser Ruby MacKenzie?

— Eu de fato não gostaria de negar *coisa alguma*. Eu acho, sabe, inspetor, que quem tem que provar que *sou* essa tal de Ruby MacKenzie, seja lá quem for, é o senhor. — Agora não havia dúvida: seus olhos azuis estavam cheios de ironia; de ironia e desafio. Encarando o inspetor bem nos olhos, disse: — É o senhor, sim, inspetor. Prove que sou Ruby MacKenzie, se puder.

25

I

— A velha bisbilhoteira anda à sua procura — advertiu o sargento Hay num cochicho de conspirador, quando o inspetor Neele desceu a escada. — Parece que tem uma porção de novidades para lhe contar.

— Diabo, que inferno! — exclamou Neele.

— Sim, inspetor — disse o sargento Hay, sem alterar um só músculo do rosto.

Já ia se retirar, mas Neele o chamou de volta.

— Examine aquelas referências que a srta. Dove nos deu, Hay, a respeito de empregos e situações anteriores. Veja se conferem... e, ah, sim, há mais algumas coisas que eu gostaria de saber. Procure obter logo essas informações, viu?

Rabiscou umas linhas numa folha de papel e a entregou ao sargento Hay.

— Vou pôr mãos à obra imediatamente, inspetor.

Ouvindo um murmúrio ao passar pela biblioteca, Neele espiou para dentro. Talvez Miss Marple tivesse andado a sua procura, mas o fato é que agora estava completamente entretida conversando com Jennifer Fortescue, estalando as agulhas de tricô sem parar. O inspetor ainda conseguiu pegar o fim de uma frase:

— ... eu realmente sempre achei que se precisa ter vocação para ser enfermeira. É, sem dúvida, um trabalho que enobrece a gente.

Neele se afastou sem fazer barulho. Pareceu-lhe que Miss Marple o tinha visto, apesar de não demonstrá-lo.

— Uma vez — prosseguiu ela naquela sua voz suave, delicada —, quando quebrei o pulso, tive uma enfermeira muito boazinha cuidando de mim. Depois, ela foi cuidar do filho da sra. Sparrow, uma simpatia de rapaz, oficial de marinha. Foi um romance sensacional, pois os dois noivaram. Achei tão bonito. Casaram, foram felicíssimos e tiveram dois filhinhos que eram uma graça — Miss Marple suspirou, toda sentimental. — Ele tinha pneumonia, sabe? Em matéria de pneumonia, tudo é questão de resguardo, não é mesmo?

— Ah, é — concordou Jennifer —, o resguardo é fundamental no tratamento da pneumonia, apesar de hoje em dia haver medicamentos que fazem milagres e não é mais aquela luta inacabável de antigamente.

— Garanto que a senhora deve ter sido uma ótima enfermeira, minha querida — disse Miss Marple. — Foi assim que começou o *seu* romance, não foi? Quero dizer, a senhora veio para cá a fim de cuidar do sr. Percival, não foi?

— Foi — respondeu Jennifer. — É... foi assim que tudo aconteceu.

O tom da voz não era animador, mas Miss Marple fingiu não se dar conta.

— Compreendo. Está claro que não se deve dar ouvidos a mexericos de empregados, mas receio que uma velha como eu anda sempre interessada em saber coisas a respeito do pessoal dessa casa. Mas o que era que eu estava dizendo, mesmo? Ah, sim. A princípio teve outra enfermeira, não teve, mas ela foi despedida... qualquer coisa assim. Por negligência, me parece.

— Acho que não foi por negligência, não — disse Jennifer. — Tenho impressão de que o pai dela ou não sei quem adoeceu gravemente, de modo que vim substituí-la.

— Sei — disse Miss Marple. — E a senhora se apaixonou e aí não houve mais jeito. Sim, uma história muito bonita, muito bonita mesmo.

— Não tenho tanta certeza assim — disse Jennifer. — Às vezes, gostaria — a voz tremeu —, de ainda estar trabalhando no hospital.

— Sim, sim, compreendo. A senhora adorava sua profissão.

— Na época nem tanto, mas agora, quando penso nisso... a vida é tão monótona, sabe? Dia após dia, sem nada para fazer, e o Val completamente absorto pelos negócios da firma.

Miss Marple sacudiu a cabeça.

— Hoje em dia os homens têm que trabalhar tanto! — disse. — Parece até que nem há mais tempo de folga, por mais dinheiro que se tenha.

— Pois é, e as esposas às vezes se sentem muito sós e entediadas. Bem que eu gostaria de nunca ter vindo para cá — disse Jennifer. — Ah, também, paciência, quem mandou? Eu jamais devia ter feito isso.

— Jamais devia ter feito o quê, minha cara?

— Casado com o Val. Agora, paciência... — De repente suspirou. — Mudemos de assunto.

Miss Marple, condescendente, pôs-se a falar das novas saias que estavam se usando em Paris.

II

— Há pouco o senhor foi muito amável não querendo interromper — disse Miss Marple quando, depois de bater na porta do gabinete, o inspetor mandou que entrasse. — Havia umas coisinhas que eu precisava tirar a limpo, sabe? — Acrescentou, em tom de censura: — Não chegamos a terminar o que estávamos conversando antes.

— Desculpe, Miss Marple. — Neele conseguiu dar um sorriso simpático. — Acho que fui meio brusco. Chamei-a para uma troca de ideias e no fim não parei de falar.

— Ora, não tem importância — disse logo ela —, porque na verdade eu ainda não estava bem pronta para pôr todas as *minhas* cartas na mesa. Quero dizer, não gostaria de fazer nenhuma acusação enquanto não tivesse certeza absoluta. *No meu próprio íntimo*, é lógico. Mas agora eu *tenho*.

— Tem o quê, Miss Marple?

— Certeza absoluta de que sei quem matou o sr. Fortescue. O que o senhor me contou a respeito da geleia de laranja resolveu a questão. Quero dizer, demonstrou *como*, bem como *quem*, e tudo dentro da mais perfeita lógica.

Neele pestanejou um pouco.

— Desculpe — pediu Miss Marple, percebendo essa reação da parte dele —, mas às vezes encontro certa dificuldade em me exprimir com clareza.

— Acho que ainda não entendi direito o que a senhora quer dizer.

— Bem — disse ela —, talvez seja melhor começar tudo de novo. Se o senhor dispõe de tempo, claro. Gostaria de lhe expor o meu ponto de vista. Sabe, falei com uma porção de gente. Com a velha sra. Ramsbottom, com a sra. Crump e com o marido dela. Ele, naturalmente, é um mentiroso, mas isso não faz muita diferença, porque depois que se sabe que uma pessoa mente, dá tudo no mesmo. Mas eu precisava esclarecer a história dos telefonemas, das meias de *nylon* e tudo mais.

Neele tornou a pestanejar, perguntando-se no que teria se metido e por que motivo algum dia imaginara que Miss Marple poderia ser uma colega desejável e lúcida. "Mesmo assim", pensou consigo mesmo, "por mais confusa que fosse, talvez houvesse colhido alguma informação útil." Todos os êxitos de Neele em sua profissão tinham sido obtidos por saber escutar bem. O que se propunha a fazer agora.

— Por favor, Miss Marple. Conte-me tudo o que apurou — disse —, mas comece desde o início, sim?

— Sim, lógico — retrucou ela —, então tenho que começar pela Gladys. Pois foi por causa dela que vim cá. E o senhor teve a gentileza de me deixar examinar todas as coisas que lhe pertenciam.

Isso, somado às meias de *nylon*, telefonemas e uma coisa e outra, tornou tudo perfeitamente claro. A respeito do sr. Fortescue e da taxina, quero dizer.

— A senhora tem uma teoria? — perguntou Neele. — Em relação a quem pôs a taxina na geleia de laranja do sr. Fortescue?

— Não é uma teoria — respondeu Miss Marple. — Eu sei.

O inspetor pestanejou pela terceira vez.

— Foi a Gladys, lógico — disse Miss Marple.

26

O INSPETOR NEELE OLHOU BEM PARA Miss Marple e sacudiu devagar a cabeça.

— Quer dizer que Gladys Martin matou Rex Fortescue deliberadamente? — perguntou, incrédulo. — Me desculpe, Miss Marple, mas eu simplesmente não posso acreditar!

— Não, claro que ela não *pretendia* matá-lo — retrucou ela —, mas mesmo assim matou. O senhor não disse que ela estava nervosa e perturbada quando a interrogou? E que dava impressão de culpada?

— Sim, mas não culpada de *crime*.

— Evidentemente, estou de pleno acordo. Como já disse, ela não *pretendia* matar ninguém, mas foi ela quem colocou a taxina na geleia de laranja. Sem saber que era veneno, lógico.

— E o *que* que ela pensou que era? — A voz do inspetor ainda parecia incrédula.

— Eu creio que ela imaginou que fosse um soro da verdade. Sabe, é interessantíssimo e muito instrutivo as coisas que essas moças recortam dos jornais para guardar. Acho que foi sempre assim. Conselhos de beleza para conquistar o homem que a gente ama. E feitiçaria, bruxedos e acontecimentos fabulosos. Hoje em dia, tudo isso sai junto na coluna científica. Ninguém acredita mais em mágicos, nem que de repente possa surgir alguém que transforme uma pessoa em rã por meio de uma varinha de condão. Mas quando se lê no jornal que injetando certas glândulas, os cientistas são capazes de alterar os tecidos vitais o provocar a manifestação de características típicas de uma rã, bem, aí todo mundo acredita. Tendo lido nos jornais a respeito do soro da verdade, é lógico que a Gladys tinha que acreditar piamente quando ele lhe disse que era isso que era.

— Ele quem?

— Albert Evans. Não que esse fosse, é claro, seu *verdadeiro* nome. Mas, enfim, os dois se conheceram no verão passado numa colônia de férias; ele engambelou-a direitinho, fez amor com ela e imagino até que lhe tenha pregado alguma mentira, dizendo-se vítima de uma injustiça ou perseguição, ou sei lá mais o quê. Seja como for, o que interessa é que Rex Fortescue precisava ser obrigado a confessar o que havia feito e reparar o dano. Claro que não posso *saber* se foi isso que aconteceu, inspetor. Mas seria capaz de jurar. Aí, ele lhe conseguiu uma colocação aqui nessa casa. Hoje em dia, com a falta de empregadas que há, é realmente facílimo colocar alguém onde a gente quer. As empregadas mudam de emprego a toda hora. Depois, os dois combinaram um encontro. Lembra-se do que ele escreveu naquele último cartão-postal? "Não se esqueça do nosso encontro." Era para ser no grande dia que estavam planejando. Gladys poria o soro que ele lhe havia entregue na parte de cima da geleia, de modo que o sr. Fortescue o ingerisse no café, e também poria centeio no bolso do paletó. Não sei que mentira lhe pregou para justificar o negócio do centeio, mas como já frisei no início, inspetor, Gladys era uma moça *muito* crédula. De fato, acho que seria capaz de acreditar em qualquer coisa que um rapaz insinuante se empenhasse em persuadi-la.

— Continue — pediu Neele, numa voz aturdida.

— A ideia provavelmente era que Albert ia falar com o sr. Fortescue aquele dia no escritório, e que a essa altura o soro da verdade já teria surtido efeito. Então, o sr. Fortescue confessaria tudo, e assim por diante. Pode-se imaginar o susto que a coitada levou quando soube que o sr. Fortescue tinha morrido.

— Mas ela, sem dúvida, teria dito, não? — objetou o inspetor.

— Qual foi a primeira coisa que ela disse quando o senhor a interrogou? — perguntou logo Miss Marple.

— "Eu não fiz nada" — respondeu Neele.

— Precisamente! — exclamou Miss Marple, triunfante. — Não vê que é exatamente isso que ela *diria*? Quando ela quebrava qualquer coisa lá em casa, a Gladys sempre dizia: "Não fiz nada, Miss Marple. Não sei *como* aconteceu." Que podem fazer, coitadas? Ficam chateadíssimas e só pensam em se livrar da culpa. O senhor não vai querer que uma moça nervosa, que matou alguém involuntariamente, esteja pronta a confessar o crime, vai? Seria *simplesmente* absurdo.

— É, creio que tem razão — concordou Neele.

Tentou recapitular a entrevista que tivera com Gladys. Nervosa, preocupada, como se tivesse culpa no cartório, o olhar inquieto. Todas essas coisas talvez não quisessem dizer nada, mas quem sabe lá? Não podia realmente se sentir culpado por não ter chegado à conclusão certa.

— A primeira ideia dela, como já disse — prosseguiu Miss Marple —, seria negar tudo. Depois, de uma maneira confusa, tentaria compreender o que tinha acontecido. Talvez Albert não soubesse que aquele troço era forte, ou havia se enganado e lhe dado uma dose grande demais. Procuraria desculpas e explicações para ele, esperando que entrasse em contato com ela, o que, naturalmente, ele fez. Pelo telefone.

— Como é que a senhora sabe?

Miss Marple sacudiu a cabeça.

— Não. Reconheço que estou fazendo suposições. Mas naquele dia houve telefonemas inexplicáveis. Quer dizer, o telefone tocou várias vezes e quando Crump ou a sra. Crump atendiam, desligavam do outro lado. Exatamente o que ele faria, o senhor sabe. Continuou telefonando, à espera de que Gladys atendesse, e aí então marcou um encontro com ela.

— Compreendo — disse Neele. — Quer dizer que ela ia se encontrar com ele no dia em que morreu.

— Sim, isso ficou flagrante. A sra. Crump acertou numa coisa. Gladys estava de sapatos novos e com suas melhores meias de *nylon*. Ia se encontrar com alguém. Só que não precisaria *sair*. Ele viria ao Chalé do Teixo. Foi por isso que aquele dia ela ficou de atalaia e chegou toda atrapalhada e atrasada com o chá. Depois, ao trazer a segunda bandeja até o saguão, acho que olhou para o lado da porta lateral quando passou pelo corredor, e o viu lá fora, chamando-a. Largou a bandeja e saiu para falar com ele.

— E, então, ele a estrangulou — disse Neele.

Miss Marple franziu os lábios.

— Bastaria um minuto — disse ela —, mas ele não podia se arriscar que ela falasse. Tinha de matar a coitada, tão tola, tão crédula. E por fim... botou-lhe um prendedor de roupas no nariz! — Uma fúria violenta sacudiu a voz da velha. — Para que encaixasse na letra da canção. O centeio, os melros, o escritório do rei, o pão e o mel, e o prendedor de roupas — a coisa mais aproximada de um passarinho que lhe mordesse o nariz que ele pôde encontrar...

— E vai ver que no fim das contas ele irá para Broadmoor e não conseguiremos enforcá-lo por ser louco! — disse Neele lentamente.

— Eu acho que poderão enforcá-lo, sim — retrucou ela. — Ele não tem nada de louco, inspetor. Que esperança!

Neele olhou bem para ela.

— Agora escute aqui, Miss Marple. A senhora me expôs a sua teoria. Sim... sim... embora diga que *sabe*, é apenas uma *teoria*. A senhora afirma que há um homem responsável por esses crimes, que adotou o nome de Albert Evans, conheceu a Gladys numa colônia de férias e a usou como inocente útil. Esse tal de Albert Evans era alguém que queria se vingar da velha história da Mina dos Melros. Por outras palavras, a senhora está insinuando que o filho da sra. MacKenzie, Don MacKenzie, não morreu em Dunquerque. Que ainda se encontra vivo e está por trás disso tudo.

Mas para a surpresa do inspetor, Miss Marple começou a sacudir violentamente a cabeça.

— Oh, não! — exclamou ela —, *não*! Não estou insinuando *nada disso*. Inspetor, o senhor não vê que toda essa história de melros é uma completa *farsa*? Isso foi *usado*, apenas usado por alguém que soube dos melros... os tais da biblioteca e da torta. Claro que existiram. Foram postos lá por alguém que sabia daquela história antiga, que queria se vingar. Mas se vingar só pelo susto que pregaria no sr. Fortescue, fazendo com que se sentisse mal. Sabe, inspetor, não acredito que se possam criar e educar crianças com o propósito de esperar que cresçam para executarem uma vingança. As crianças, afinal de contas, têm muita *sensatez*. Mas alguém cujo pai foi tapeado e talvez tenha morrido no abandono seria bem capaz de pregar uma peça na pessoa que imaginasse que tivesse feito isso. Acho que foi o que aconteceu. E o assassino conseguiu o que queria.

— O assassino — repetiu Neele. — Muito bem, Miss Marple, vejamos as ideias que tem sobre ele. Quem foi?

— O senhor não vai se admirar. Nem um pouco. — retrucou ela. — Porque, assim que lhe disser quem é, ou melhor, quem julgo que seja, verá que é justamente o tipo da pessoa que *cometeria* esses crimes. Goza de perfeita sanidade mental, é inteligente e totalmente inescrupuloso. E matou, evidentemente, por dinheiro. Por um bocado de dinheiro, no mínimo.

— Percival Fortescue?

Neele fez a pergunta quase implorando, mas logo viu que tinha se enganado. O retrato do homem que Miss Marple lhe traçara não possuía a menor semelhança com Percival Fortescue.

— Oh, não — respondeu ela. — Percival, não. Lance.

27

I

— Não é possível! — exclamou o inspetor Neele.

Recostou-se na cadeira e encarou Miss Marple, fascinado.

Tal como ela tinha previsto, não estava admirado. Suas palavras eram um desmentido, não de probabilidade, mas de possibilidade. Lance Fortescue se encaixava na descrição: Miss Marple a fizera bastante bem. Mas ele simplesmente não via como Lance podia ser a resposta.

Miss Marple se curvou para a frente e delicada, persuasivamente, um pouco à maneira de alguém explicando os fatos básicos da aritmética a uma criança pequena, expôs sua teoria.

— Ele sempre foi assim, sabe? Sempre foi *mau*, quero dizer. Visceralmente mau, embora nele sempre ficasse atraente. Sobretudo para as *mulheres*. É muito inteligente e não tem medo de se arriscar. Ele sempre se arriscou e, por causa da sua simpatia, as pessoas sempre lhe atribuíram as melhores intenções. No verão, ele veio visitar o pai. Não creio nem por sombra que o pai lhe tenha escrito ou mandado chamá-lo... a menos, naturalmente, que o senhor disponha de provas concretas nesse sentido. — Fez uma pausa, à espera da resposta.

Neele sacudiu a cabeça.

— Não — disse —, não tenho nenhuma prova de que o pai tivesse mandado chamá-lo. O que eu tenho é uma carta que se supõe que Lance lhe tenha escrito depois de ter estado aqui. Mas ele poderia facilmente misturá-la no meio dos papéis do pai lá no gabinete no dia em que chegou.

— O que seria bem do tipo dele — concordou Miss Marple, sacudindo a cabeça. — Mas, como estava dizendo, ele provavelmente veio de avião até aqui e tentou uma reconciliação com o pai, coisa que o sr. Fortescue não aceitou. Acontece que Lance tinha se casado recentemente e a renda miserável com que vivia, sem dúvida suplementada de várias formas desonestas, não lhe era mais suficiente. Estava apaixonadíssimo por Pat (que é um encanto de moça) e queria levar uma vida respeitável, regrada, com ela... sem depender de expedientes escusos. E isso, do ponto de vista dele, implicava em ter muito dinheiro. Quando esteve no Chalé do Teixo, ele deve ter ouvido falar nos tais melros. Talvez o próprio pai os mencionasse. Ou a sra. Fortescue. Imediatamente chegou à conclusão de que a filha de MacKenzie se achava instalada na casa e então lhe ocorreu que ela seria um ótimo bode expiratório para o crime. Porque o fato é que, ao ver que não convenceria o pai a fazer o que queria, com certeza resolveu a sangue frio que a única solução estaria em matá-lo. Deve ter percebido que o pai não andava... digamos, muito bem... e receado que se fosse esperar que ele morresse, a falência seria completa.

— Sim, ele sabia do estado de saúde do pai — confirmou o inspetor.

— Ah... isso explica muita coisa. Talvez a coincidência do prenome paterno ser *Rex* somada ao incidente dos melros lhe sugerisse a ideia da canção infantil. Transformar a coisa toda numa verdadeira loucura... e ligar tudo à velha ameaça de vingança dos MacKenzie. Aí então, o senhor vê, ele também podia descartar a sra. Fortescue para que as cem mil libras não saíssem da firma. Mas teria que haver um terceiro personagem, a "criada que no quintal estende a roupa, feliz" — e eu acho que isso lhe sugeriu todo o plano cruel. Uma cúmplice inocente que ele poderia silenciar antes que desse com a língua nos dentes. E que poderia lhe fornecer o que ele precisava: um verdadeiro álibi para o primeiro crime.

O resto foi fácil. Ele chegou aqui, vindo da estação, pouco antes das cinco horas, quando Gladys trouxe a segunda bandeja para o saguão. Aproximou-se da porta lateral, enxergou-a e lhe fez sinal. Para estrangulá-la e carregar o corpo até onde estavam penduradas as roupas não deve ter levado mais que três ou quatro minutos. Depois, tocou a campainha da entrada, abriram-lhe a porta e ele tomou chá com a família. Feito isso, subiu lá em cima para falar com a sra. Ramsbottom. Quando tornou a descer, esgueirou-se pela sala de visitas, encontrou a sra. Fortescue sozinha, tomando uma última xícara de chá, sentou-se a seu lado no sofá e, enquanto conversavam, deu um jeito de pôr cianureto na bebida. Não seria difícil, sabe? Um cubinho branco, como açúcar. Bastava esticar a mão para o açucareiro, pegar um torrão e fingir que deixava cair na xícara. Daria uma risada, dizendo: "Olhe, botei mais açúcar no seu chá." Ela responderia que não fazia mal, mexia com a colher e bebia. Seria bem fácil e audacioso assim. É, ele é um sujeito audacioso.

— Sim... na verdade, é possível — concordou Neele devagar.

— Mas não consigo ver... francamente, Miss Marple, não consigo ver o que teria ele a lucrar com isso. Mesmo que tudo indicasse que, a não ser que o velho Fortescue morresse, a firma não tardaria a entrar em falência. Será que a parte que toca ao Lance é tão grande a ponto de levá-lo a planejar três crimes? Acho que não. Sinceramente.

— Aí está uma pequena dificuldade — reconheceu Miss Marple. — Sim, concordo com o senhor. Isso de fato é um problema. Suponho que... — Hesitou, olhando para o inspetor. — Sou tão ignorante em assuntos financeiros... mas suponho que seja realmente verdade que a Mina dos Melros não vale nada, não?

Neele pensou um pouco. Uma série de fragmentos foi armando um quebra-cabeças em seu cérebro. A boa vontade de Lance em ficar com várias ações especulativas, ou sem nenhum valor, de Percival. As palavras que havia dito ao sair do escritório em Londres, mais cedo, aconselhando o irmão a se desfazer da Mina dos Melros por causa do azar que trazia. Uma mina de ouro. Uma mina de ouro imprestável. Mas seria imprestável mesmo? Não, não, não era possível. O velho Fortescue dificilmente cometeria um engano desses, embora quem sabe lá não tivessem feito novas sondagens recentemente? Onde se achava localizada a mina? Na África Ocidental, segundo Lance. É, mas outra pessoa — seria a sra. Ramsbottom? — havia dito que era na África *Oriental*. Teria Lance se equivocado de propósito ao dizer Ocidental em vez de Oriental? A sra. Ramsbottom já estava velha e esquecida, mas mesmo assim ela podia ter razão e Lance, não. África Oriental. Lance acabava de chegar da África Oriental. Não teria, talvez, recebido informações mais diretas?

De repente, com um estalido, outro fragmento encaixou naquele quebra-cabeças. Eles estava sentado no trem, lendo o *Times*. *Depósitos de urânio descobertos em Tanganica*. Vamos supor que esses depósitos de urânio ficassem situados nas terras da velha Mina dos Melros? Isso explicaria tudo. Lance fora informado disso, examinara o lugar e, com depósitos de urânio ali, havia uma fortuna ao alcance da mão. Uma fortuna enorme! Suspirou. Olhou para Miss Marple.

— Como é que a senhora acha que vou poder provar tudo isso? — perguntou, em tom de censura.

Ela sacudiu a cabeça para encorajá-lo, como uma tia faria para animar o sobrinho inteligente à porta da sala de exames de uma bolsa de estudos.

— O senhor vai provar, sim. O senhor é um homem muito, *muito* vivo, inspetor. Senti isso logo de cara. Agora que já sabe quem foi, não terá problemas para encontrar provas. Naquela colônia de férias, por exemplo, reconhecerão a fotografia dele. Só quero ver como é que ele vai explicar o motivo de ter passado uma semana lá com o nome de Albert Evans.

"Sim", pensou Neele, "Lance Fortescue era inteligente e inescrupuloso, mas também imprudente. Arriscara-se demais." E disse consigo mesmo: "Ele não me escapa!" Depois, tomado por uma dúvida, virou-se para Miss Marple.

— Tudo isso são meras suposições, sabe?

— Sei... mas o senhor tem certeza, não tem?

— Creio que sim. Afinal de contas, já encontrei tipos assim.

A velha concordou com a cabeça.

— É... isso influi tanto... é por isso mesmo que eu tenho certeza.

Nele a olhou com ironia.

— Por causa da sua experiência com criminosos, não é?

— Oh, não... claro que não. Por causa de Pat... aquele encanto de criatura... que é do tipo que sempre casa com um sujeito que não vale nada... foi exatamente o que me chamou atenção nele logo de início...

— Pode ser que eu tenha certeza... no íntimo — disse o inspetor —, mas há uma porção de coisas que requerem explicação... a história de Ruby MacKenzie, por exemplo. Eu seria capaz de jurar que...

— E com toda a razão — interrompeu Miss Marple. — Só que o senhor pensou na pessoa errada. Vá falar com a sra. Percival.

II

— A sra. Percival — perguntou o inspetor — quer fazer o favor de me dizer qual era o seu nome de solteira?

— Oh! — exclamou Jennifer, boquiaberta. Parecia assustada.

— Não precisa ficar nervosa — disse ele —, mas é preferível que fale logo a verdade. Acho que não me engano ao dizer que antes de casar a senhora se chamava Ruby MacKenzie, não?

— Eu... ora essa... ah, meu Deus... bem, e por que não havia de me chamar? — retrucou Jennifer.

— Acho perfeitamente justo — disse Neele, afável, e acrescentou: — Há uns dias atrás conversei com sua mãe na Casa de Saúde de Pinewood.

— Ela anda furiosa comigo — explicou ela. — Nunca vou visitá-la porque só consigo deixá-la mais nervosa ainda. Coitada da mamãe, era tão apegada a papai, sabe?

— E ela criou a senhora com ideias melodramáticas de vingança?

— Criou, sim. Sempre nos fazia jurar sobre a Bíblia que nunca esqueceríamos e que um dia haveríamos de matá-lo. É lógico que depois que entrei para o hospital e comecei meu treinamento eu me dei conta de que ela era meio desequilibrada.

— Mas a senhora deve ter sentido vontade de se vingar, não?

— Bem, claro que senti. Rex Fortescue praticamente matou meu pai! Não digo que tivesse realmente baleado ou esfaqueado, ou qualquer coisa parecida. Mas tenho absoluta certeza de que *deixou* que meu pai morresse. No fundo dá no mesmo, não é?

— Moralmente, sim.

— De modo que eu queria que ele pagasse pelo que fez — disse Jennifer. — Quando uma colega minha veio cuidar do filho dele, consegui que fosse embora e me ofereci para substituí-la. Não sei exatamente o que pretendia fazer... Não fui eu, inspetor, sinceramente, não fui eu. Nunca tencionei *matar* o sr. Fortescue. Acho que minha ideia era tratar tão mal do filho dele que acabasse morrendo. Mas acontece que, quando a gente é enfermeira por profissão, não se pode fazer uma coisa dessas. Na realidade, me esforcei ao máximo para curar o Val. E depois ele começou a gostar de mim, me pediu em casamento e então eu pensei: "Ora, eis aí uma maneira bem mais sensata de se vingar." Quero dizer, casar com o filho mais velho do sr. Fortescue e assim recuperar o dinheiro que ele roubou de papai. Me pareceu uma maneira bem mais sensata.

— Sim, de fato — concordou Neele —, bem mais sensata. Foi a senhora, suponho, que colocou os melros em cima da escrivaninha e dentro da torta, não?

Jennifer ruborizou.

— Foi. Realmente, acho que fiz uma bobagem... Mas o sr. Fortescue um dia começou a falar sobre os trouxas, se vangloriando de como havia tapeado uma porção de pessoas... se aproveitando delas. Ah, de um modo perfeitamente *legal*. E me veio a ideia de... bem, de lhe dar um susto. Precisava ver como ele ficou! Só faltou morrer. — Acrescentou logo: — Mas foi *só* o que eu fiz! Sinceramente, inspetor, não fui eu. O senhor não... o senhor não pensa que eu seria capaz de *matar* alguém, pensa?

Neele sorriu.

— Não. Não penso, não. Por falar nisso, a senhora deu algum dinheiro a srta. Dove ultimamente?

Jennifer ficou de queixo caído.

— Como soube?

— Nós sabemos de uma porção de coisas — respondeu ele, acrescentando para si mesmo: — Além das que adivinhamos.

Jennifer continuou, rapidamente:

— Ela veio me procurar e disse que o senhor a tinha acusado de ser Ruby MacKenzie. E que, se eu lhe conseguisse quinhentas libras, ela deixaria que o senhor continuasse pensando assim. Que, se o senhor soubesse que eu era Ruby MacKenzie, seria suspeita de assassinar o sr. Fortescue e minha sogra. Tive um trabalho danado para arrumar o dinheiro, porque é claro que não podia contar para o Val. Ele não sabe de nada a meu respeito. Tive que vender minha aliança de brilhantes e um colar muito bonito que ganhei do meu sogro.

— Não se preocupe, sra. Percival — prometeu Neele —, acho que vamos lhe conseguir esse dinheiro de volta.

III

Foi no dia seguinte que Neele teve outra entrevista com Mary Dove.

— Srta. Dove, será que a senhora poderia me dar um cheque de quinhentas libras em favor da sra. Percival?

Ao menos uma vez, teve o prazer de ver Mary Dove perder a compostura.

— Aquela idiota decerto lhe contou — disse ela.

— Sim. Chantagem, srta. Dove, é uma acusação muito séria.

— Não foi propriamente chantagem, inspetor. Creio que terá dificuldade em me acusar disso. Prestei apenas um favor especial que a sra. Percival me pediu.

— Bem, me dê esse cheque, srta. Dove, e não se fala mais nisso.

Mary pegou seu talão de cheques e a caneta.

— Que chateação — exclamou, com um suspiro. — Ainda mais agora, que ando mal de finanças.

— Imagino que terá de procurar outro emprego muito em breve, não?

— Pois é. Este aqui não saiu bem como eu esperava. Na minha opinião, foi uma verdadeira desgraça.

O inspetor concordou.

— Sim, deixou-a numa posição bastante difícil, não é? Quero dizer, a qualquer momento nós podíamos ter que examinar seus antecedentes.

Mary, novamente calma, arqueou as sobrancelhas.

— Francamente, inspetor, asseguro-lhe que no meu passado não há nada de que me possa envergonhar.

— Sim, sim — concordou jovialmente Neele.

— Nós não temos absolutamente nada contra a senhora, srta. Dove. Mas é uma estranha coincidência que nos três últimos cargos que desempenhou de maneira tão admirável tenham se registrado roubos mais ou menos três meses depois que se despediu. Os ladrões pareciam estar maravilhosamente bem-informados quanto ao lugar em que ficavam guardados os casacos de pele, joias etc. Estranha coincidência, não?

— São coincidências que acontecem, inspetor.

— Sim — disse Neele. — Acontecem, sim. Só que não devem acontecer com tanta frequência assim, srta. Dove. Tenho impressão de que ainda nos veremos.

— Não me leve a mal, inspetor — retrucou Mary —, mas espero que não.

28

I

Miss Marple ajeitou as roupas na mala, empurrou para dentro a ponta de uma manta de lã e fechou a tampa. Olhou em torno. Não, não tinha se esquecido de nada. Crump entrou no quarto para levar a bagagem para baixo. Ela foi se despedir da sra. Ramsbottom no quarto pegado.

—Acho que retribuí muito mal a sua hospitalidade — desculpou-se Miss Marple. — Espero que algum dia possa me perdoar.

— Que nada — disse sra. Ramsbottom.

Jogava paciência, como sempre.

—Valete preto, rainha vermelha — comentou, lançando depois um olhar penetrante, de soslaio, para Miss Marple. — Suponho que tenha descoberto o que queria — disse.

— Sim.

— E já comunicou ao tal inspetor de polícia? Será que ele tem elementos para abrir um processo?

—Tenho quase certeza de que sim — respondeu Miss Marple. —Talvez demore um pouco.

— Não quero lhe fazer nenhuma pergunta — disse sra. Ramsbottom. — A senhora é uma mulher perspicaz. Percebi isso logo à primeira vista. Não pretendo censurá-la pelo que fez. Maldade é maldade e deve ser punida. Há um lado mau nessa família. Graças a Deus, não é o nosso. Elvira, a minha irmã, era uma boba. Mas foi só.

Miss Marple concordou com a cabeça.

—Valete preto — repetiu sra. Ramsbottom, indicando a carta. — Bonito, mas com um coração negro. Sim, era o que eu temia. Ah, a gente nem sempre consegue resistir a um velhaco. O rapaz sempre soube ser cativante. Até a mim ele tapeou... Pregou uma mentira a respeito da hora em que saiu do meu quarto naquele dia. Eu não desmenti, mas fiquei pensando... Fiquei com aquilo na cabeça. Mas era filho de Elvira... eu não podia dizer nada. Paciência... a senhora é uma mulher justa, Jane Marple, e a justiça precisa ser cumprida. Tenho pena da mulher dele, porém.

— Eu também — disse Miss Marple.

Encontrou Pat Fortescue no saguão, esperando para se despedir dela.

— Gostaria de que não fosse embora — disse. —Vou sentir falta da senhora.

— Tenho que ir — retrucou Miss Marple. — Já terminei o que vim fazer aqui. Não foi lá muito agradável. Mas o importante, sabe, é que a maldade não triunfe.

Pat fez uma cara de estranheza.

— Não compreendo.

— Pois é, meu bem. Mas talvez um dia venha a compreender. Não sei se me atrevo a lhe dar um conselho, mas se acontecer algo... de ruim na sua vida... acho que a melhor coisa seria voltar para onde foi feliz quando criança. Volte para a Irlanda, meu bem. Cavalos e cachorros. Tudo tranquilo.

Pat concordou com a cabeça.

— Às vezes, eu gostaria de ter feito exatamente isso quando Freddy morreu. Mas aí... — sua voz ficou mais suave — ... nunca teria conhecido Lance.

Miss Marple deu um suspiro.

— Nós não vamos ficar aqui, sabe? — disse Pat. —Voltaremos para a África Oriental assim que tudo se esclarecer. Estou tão contente.

— Deus a acompanhe, minha filha — disse Miss Marple. — A gente precisa de muita coragem para enfrentar a vida. Acho que você tem.

Bateu de leve na mão da moça e, soltando-a, saiu pela porta da frente rumo ao táxi que estava à sua espera.

II

Naquela noite, Miss Marple chegou em casa a altas horas.

Kitty — a mais recente formanda do orfanato St. Faith's lhe abriu a porta e a recebeu com um sorriso de alegria.

— Preparei um arenque para o seu jantar, Miss Marple. Que bom que a senhora chegou... Vai encontrar a casa toda arrumada. Fiz uma faxina completa de primavera.

— Que ótimo, Kitty... Também estou contente por ter voltado.

Seis teias de aranha na sanefa da cortina, notou Miss Marple. Essas meninas nunca olham para o teto! Apesar disso, teve a caridade de não comentar.

— Sua correspondência está em cima da mesa do vestíbulo, Miss Marple. E há uma carta que foi para Daisymead por engano. Estão sempre fazendo isso, não é? Verdade que é muito parecido, Dane e Daisy, e a letra é tão ruim que dessa vez não me admirei. Não havia ninguém lá, a casa estava fechada. Só voltaram hoje e aí mandaram para cá. Disseram que faziam votos para que não fosse coisa importante.

Miss Marple pegou as cartas. A que Kitty se referia estava em cima das outras. Uma leve sensação de reconhecimento a sacudiu quando viu a caligrafia rabiscada, cheia de manchas de tinta. Abriu o envelope.

Cara Miss Marple,

Espero que me perdoe estar lhe escrevendo, mas eu de fato não sei o que fazer, palavra, não sei e nunca quis fazer mal a ninguém.

Minha cara, decerto deve ter visto nos jornais, foi crime, dizem eles, mas não fui eu. Sinceramente, não fui, não, porque jamais faria uma maldade dessas e sei que ele também não faria. O Albert, quero dizer. Não estou contando nada direito, mas a senhora sabe, nos conhecemos no verão passado e íamos casar, só que Bert andava mal de situação, tinha perdido tudo o que tinha, roubado por esse tal de sr. Fortescue que morreu. E o sr. Fortescue simplesmente negou tudo e claro que todo mundo acreditou nele e não no Bert, porque ele era rico e Bert, pobre. Mas o Bert tinha um amigo que trabalha num lugar onde fabricam essas novas drogas e havia o que eles chamam de soro da verdade, talvez a senhora tenha visto nos jornais, aquilo obriga a gente a dizer a verdade, queira ou não queira. Bert ia falar com o sr. Fortescue no escritório dele no dia 5 de novembro e pretendia levar junto um advogado... Eu não devia me esquecer de dar o soro para ele no café daquela manhã. Aí, então, tudo ia dar certo, pois quando eles chegassem lá, ele confessaria que tudo o que o Bert disse era verdade. Bem, Miss Marple, botei o soro na geleia de laranja, mas agora ele morreu e acho que a dose deve ter sido forte demais, mas não foi culpa do Bert, porque ele nunca faria uma coisa dessas, só que não posso contar para a polícia porque talvez eles pensassem que o Bert fez de propósito. Sei que ele não fez. Ah, Miss Marple, não sei o que fazer nem o que dizer e a polícia está aqui em casa, é horrível, fazem perguntas para gente com uma cara tão braba. Não sei o que fazer e estou sem notícias de Bert. Ah, Miss Marple, eu não queria lhe pedir, mas se desse para a senhora vir me ajudar, eles lhe dariam ouvidos, a senhora sempre foi tão boa para mim, e eu não fiz por querer, nem o Bert tampouco. Se ao menos desse para a senhora nos ajudar.
Respeitosamente,

GLADYS MARTIN.

P.S. — Mando junto um instantâneo que tirei junto com o Bert. Um dos rapazes lá da colônia de férias bateu a foto e me deu.

Ele não sabe que eu tenho — não gosta de tirar retrato. Mas a senhora pode ver como ele é simpático.

Miss Marple, franzindo os lábios, contemplou a fotografia. O casal retratado olhava um para o outro. Ela viu primeiro o rosto patético, cheio de adoração, de Gladys, a boca entreaberta — e depois o rapaz: o rosto moreno, bonito, sorridente, de Lance Fortescue.

As últimas palavras daquela carta desesperada lhe ecoaram na memória: *A senhora pode ver como ele é simpático.*

Os olhos de Miss Marple se encheram de lágrimas. Passada a compaixão, sentiu-se tomada de fúria — de fúria contra um assassino desalmado.

E, por fim, superando ambas as emoções, veio um ímpeto de triunfo — o triunfo que um especialista sentiria ao recompor o corpo de um animal extinto só com um fragmento de queixada e algumas presas.

SOBRE A AUTORA

Agatha Christie nasceu em Torquay, cidade da Inglaterra, em 1890, e tornou-se a romancista mais vendida de todos os tempos. Escreveu oitenta romances e coletâneas de contos, além de mais de uma dúzia de peças, incluindo *A ratoeira*, peça que ficou mais tempo em cartaz na história teatral. Agatha também escreveu sua autobiografia, publicada no Brasil em 1977. Embora seu nome seja sinônimo de ficção policial, a extensão dos temas em seus romances é extraordinária, e Agatha realmente merece um lugar de destaque como uma das mais queridas escritoras de todos os tempos.

Seu sucesso permanente, ampliado pelas inúmeras adaptações para o cinema e para a tevê, é um tributo ao eterno fascínio de seus personagens e à absoluta engenhosidade de suas tramas.

Agatha Christie morreu em 1976, aos 85 anos, de causas naturais.

Surpreso com o desfecho desse mistério?

Não deixe de conferir outros desafios que
a Rainha do Crime preparou para seus detetives:

A maldição do espelho
A mansão Hollow
Assassinato no Expresso do Oriente
Casa do Penhasco
Convite para um homicídio
Hora zero
M ou N?
Morte na Mesopotâmia
Morte no Nilo
Nêmesis
O mistério dos sete relógios
O Natal de Poirot
Os crimes ABC
Os elefantes não esquecem
Os trabalhos de Hércules
Treze à mesa
Um corpo na biblioteca

Este livro foi impresso
para a HarperCollins Brasil.
A fonte usada no miolo é Bembo, corpo 11/14.